Sergio Bambaren
Die Stunde der Wale

PIPER

Zu diesem Buch

Die Geschichte einer Reise zu einem Paradies mitten im Pazifik, wo das Meer seine Geheimnisse offenbart.
Sergio Bambaren, dem vor Jahren schon ein Delphin zum Lehrmeister und die Unterwasserwelt zur zweiten Heimat wurde, verbringt eine Woche auf der Insel Gorgona, einem der schönsten Nationalparks der Erde. Hier, vor der Küste Kolumbiens, lernt er die Faszination riesiger Buckelwale hautnah kennen. Beim Schwimmen wird er Zeuge ihres berückenden Gesangs unter Wasser – eine Musik, die stärker ist als das beste Orchester der Welt. Er schlägt die Warnungen der anderen Reisenden in den Wind und folgt dem Walgesang. Und er erlebt den Zauber einer ganz besonderen Stunde, als eine Walmutter und ihr Junges mit ihm zu tanzen beginnen ...

Sergio Bambaren, geboren 1960 in Peru, gelang mit seinem Debüt »Der träumende Delphin«, das er zunächst im Eigenverlag veröffentlichte, auf Anhieb ein internationaler Bestseller. Er gab seinen Ingenieurberuf auf und widmete sich fortan ganz dem Schreiben und seiner Leidenschaft für das Meer. Nach längerem Aufenthalt in Sydney lebt er heute wieder in Lima. Er ist Vater eines kleinen Sohns, engagiert sich ehrenamtlich für »Dolphin Aid« und ist Vizepräsident der Umweltschutzorganisation »Mundo Azul«. Zuletzt erschien von ihm auf Deutsch »Die Weisheit deines Herzens«.

Sergio Bambaren

Die Stunde der Wale

Eine abenteuerliche Reise

Aus dem Englischen
von Gaby Wurster

Piper München Zürich

Mehr über unsere Autoren und Bücher:
www.piper.de

Von Sergio Bambaren liegen bei Piper vor:

Der träumende Delphin	Die Blaue Grotte
Ein Strand für meine Träume	Ein Ort für unsere Träume
Das weiße Segel	Die Rose von Jericho
Der Traum des Leuchtturm- wärters	Die Bucht am Ende der Welt Die Heimkehr des träumenden Delphins
Samantha	
Stella	Lieber Daniel
Die Zeit der Sternschnuppen	Die beste Zeit ist jetzt
Die Botschaft des Meeres	Die Stunde der Wale
Der kleine Seestern	Die Weisheit deines Herzens

Ungekürzte Taschenbuchausgabe
September 2014
© 2011 Sergio Bambaren
Titel der Originalausgabe:
»A Glimpse of God«
© der deutschsprachigen Ausgabe:
2013 Piper Verlag GmbH, München,
erschienen im Verlagsprogramm Pendo
Umschlaggestaltung: Mediabureau Di Stefano, Berlin
Umschlagabbildung: Ruane Manning
Satz: Fotosatz Amann, Memmingen
Gesetzt aus der Berkeley Oldstyle
Papier: Munken Print von Arctic Paper Munkedals AB, Schweden
Druck und Bindung: CPI books GmbH, Leck
Printed in Germany   ISBN 978-3-492-30485-6

Vorwort

Manchmal denke ich, ich habe schon alles erlebt.

Als leidenschaftlicher Reisender und als Freigeist, der ich mit den Jahren geworden bin, habe ich manchmal das Gefühl, mehrere Leben in einem einzigen gelebt zu haben.

Aber wenn mich dieses Gefühl der Erfüllung überkommt, wird mir klar, dass es grenzenlos viele Möglichkeiten gibt, sich zu einem besseren Menschen weiterzuentwickeln. Also gehe ich weiter, gehe woandershin und probiere etwas Neues aus.

Bewegung bringt immer Veränderungen mit sich. Ich setze mir ein Ziel und bewege mich darauf zu. Und plötzlich taucht wie aus dem Nichts eine neue, faszinierende Welt auf und gibt mir Anlass, das, was ich für verbürgt gehalten hatte, noch einmal neu zu überdenken. Auch mein Verständnis vom Sinn des Lebens verändert sich laufend. Plötzlich erlebe ich neue Gefühle, Ängste und Emotionen, die ich nie zuvor verspürt habe. Ich stelle mich selbst auf die Probe, setze mich über das hinweg, was ich für meine physischen und psychischen Grenzen hielt, und manchmal erreiche ich etwas, was ich zuvor für unerreichbar gehalten habe. Dann schätze ich diese wundervolle Reise, die sich Leben nennt, sogar noch mehr. Ich sinne wieder über die perfekte Synergie der Welt nach und fühle mich auf eigenartige, aber begeisternde Art neu geboren.

~

Die Geschichte, die ich mit euch teilen will, ist wahr. Wenn ich darüber nachdenke, kann ich manchmal gar nicht glauben, dass sie mir tatsächlich geschehen ist, dass ich sie habe geschehen lassen.

Im Lauf der Jahre wurde ich mit herrlichen Augenblicken gesegnet, die aus meinem Leben eine Ode an die Freude gemacht haben.

Es gibt Momente tiefen Friedens, die mich auf eine wundervolle Ebene innerer Entdeckungen heben, und ich freue mich an den einfachen Dingen des Lebens, die jeder Mensch kennt: Liebe, Trauer, ein Sohn, wunderbare Freunde, Reisen um die ganze Welt und vieles mehr.

Doch ich war immer schon ein Abenteurer und werde immer einer sein. Ich versuche grundsätzlich, an meine Grenzen zu kommen – nicht unbedingt, um herauszufinden, wie weit ich gehen kann, sondern einfach, weil mir meine innere Stimme immer zuflüstert, ich solle Neues ausprobieren, den weniger begangenen Weg einschlagen, das Leben mit eigenen Augen sehen.

Wahrscheinlich begann alles damit, dass ich als Kind immer draußen auf den Klippen meiner Heimatstadt saß, auf dreißig Meter hohen Felsen, wo ich den Sonnenuntergang beobachtet, den Wind vom salzigen Meer her gespürt oder einfach in die Brandung geblickt habe. Aber als ich älter wurde, habe ich die Erfahrung gemacht, dass der einzige Weg, etwas dazuzulernen, das Fallen und Wieder-Aufstehen ist. Ich habe vieles getan, was die meisten für verrückt halten würden, einige wenige Menschen jedoch nicht.

Zum Beispiel habe ich ein Kloster im Himalaja besucht. Im verschneiten Gebirge wäre ich fast erfroren. Ich habe tagelang allein an fernen Orten ohne jede Verbindung zu der Gesellschaft gelebt, in die ich hineingeboren wurde. Ich bin die größten Wellen geritten und wäre fast ertrunken. Ohne über die Konsequenzen nachzudenken, habe ich mich in richtig gefährliche Situationen gebracht.

Denn wenn ich höre, dass die Stimme meines Herzens mir sagt: Tu es!, dann tue ich es.

Ich bin, wer ich bin, und während ich älter wurde und mich weiterentwickelt habe, kam ich zu der Überzeugung, dass wir zwei Möglichkeiten haben: Entweder wir bleiben in der Sicherheitszone, wo uns nichts geschieht, oder wir überwinden die Glaswände, die die Gesellschaft um uns herum aufgebaut hat, handeln nach unserem jeweiligen wahren Selbst und führen das Leben, das für uns bestimmt ist. Ich habe mich für Letzteres entschieden – auch wenn nichts falsch daran ist, in der Sicherheitszone zu verbleiben, sofern es das ist, was man wirklich will. Ich hatte viele sehr nahe Erfahrungen mit meiner eigenen Sterblichkeit, doch in diesen Momenten habe ich einige der wichtigsten Lektionen gelernt, die das Leben mir ermöglicht hat.

Das Risiko ist zweifellos echt. Aber ich muss mir selbst treu bleiben. Wenn ich mich jeden Tag im Spiegel anschauen will, ohne die Augen schließen zu müssen oder mich unwohl zu fühlen, muss ich der sein und das tun, zu dem ich geboren wurde.

Mein Leben lang habe ich ständig und immer Wellen geritten, und meine Liebe zum Meer ist täglich größer geworden. Ich bin an der Küste geboren, mit vier oder fünf Jahren habe ich schon schwimmen gelernt, und durch die gewachsene Beziehung zu meinem Bruder, dem Ozean, konnte ich all die wundervollen Geschöpfe entdecken, die die Weltmeere bewohnen.

Es hat mir immer Spaß gemacht, mit Delphinen und Seelöwen um mich herum zu surfen, ja sogar mit dem einen oder anderen Hai. Seit etwa zehn Jahren begeistere ich mich allerdings auch für das Tauchen und bewundere die Welt, die unterhalb der Oberfläche liegt: ein Ort vollkommener Ruhe mit tollen schillernden Fischen, farbenprächtigen Korallen und vielen anderen Wundern. Dort bin ich der Natur so nahe, dass ich mitunter für immer dort bleiben möchte.

Vor allem aber schnorchele ich liebend gern und drifte direkt unter der ruhigen Meeresoberfläche. Ich kontrolliere meinen Atem und versuche, immer länger unter Wasser zu bleiben – ein meditativer Zustand, den ich nur schwer erklären kann: völlige Ruhe und Stille, die irgendwie meinen Atemrhythmus und meinen Herzschlag verlangsamen, sodass ich länger mit dem Sauerstoff auskomme, den mein Körper braucht, bevor ich wieder auftauche, immer umgeben von wunderbaren Tieren. Schon immer bin ich mit wilden Delphinen geschwommen, weil ich das Gefühl habe, einer von ihnen zu sein. Auch mit riesigen Mantarochen, den »Engeln der Meere«, bin ich getaucht, mit acht Meter langen Walhaien und allen möglichen anderen Meeresbewohnern, die man sich nur vorstellen kann – außer mit einem, dem Wal.

Und so sagt die Stimme meines Herzens mal wieder leise, dass die Zeit gekommen sei, die ultimative Herausforderung anzunehmen, das ultimative Wagnis einzugehen. Ich recherchiere also ein bisschen und weiß auch gleich, wohin ich aufbrechen muss.

Wie ich anfangs sagte: Dies ist eine wahre Geschichte. Mein Ziel war zwar herauszufinden, ob es mir gelingen würde, mit Buckelwalen zu schwimmen, aber diese kurze Reise hat mich sehr viel mehr gelehrt, als ich gedacht hätte. Ich habe nicht nur von diesen Riesengeschöpfen gelernt, sondern auch von den Menschen, die sich tagtäglich um sie kümmern und die auf einer winzigen, abgelegenen Insel im Pazifik leben. Dort hatte ich das große Glück, mit einer der faszinierendsten Tierarten, die diesen Planeten bewohnen, schwimmen und kommunizieren zu dürfen. Aus meiner bescheidenen Perspektive hatte ich das Gefühl, in diesen Tieren, tief im blauen Wasser, wo ich mich stets am wohlsten fühle, einen Blick auf Gott zu erhaschen.

Tag 1

Gorgona ist eine kleine, unbewohnte Insel im Pazifischen Ozean, sie liegt etwa fünfunddreißig Kilometer vor der Küste Kolumbiens und umfasst den prachtvollen Naturpark *Parque Nacional Natural Isla Gorgona*. Die nächstgelegene Stadt auf dem Festland ist Guapí – ein kleiner Küstenort im wilden Urwald Westkolumbiens.

Die Reise dorthin ist schon ein Abenteuer für sich. Man fliegt zuerst in die kolumbianische Hauptstadt Bogotá, von dort nach Cali, der drittgrößten Stadt des Landes. In Cali steigt man in einen Doppeldecker, der bei wahrlich böigen Wetterverhältnissen etwa vierzig Minuten über den Regenwald nach Guapí fliegt. Dort wird man vom Reiseleiter begrüßt, den man gebucht hat, holpert – sofern das Wetter mitspielt – erst einmal über den Fluss und flitzt dann ungefähr anderthalb Stunden mit einem kleinen Schnellboot über die Wellen nach Gorgona.

Vom Hafen in Guapí kann man die Insel nicht sehen. Der Fluss, auf dem man durch den Regenwald an die Küste und aufs Meer hinausfährt, ist trüb – wie fast alle Flüsse im Quellgebiet des Amazonas. Erst wenn sich die Farbe des Wassers langsam von Schlammbraun zu Tiefblau klärt, merkt man, dass man auf offener See und in tieferem Gewässer ist.

~

Nach vierzig Minuten Fahrt im Schnellboot kommt weit entfernt am Horizont langsam eine Silhouette in Sicht, die man anfänglich für einen Berg mitten auf hoher See hält. Das Wetter in diesen Breiten kann innerhalb von Minuten dramatisch umschlagen – man verlässt das Festland unter einem strahlend blauen, wolkenlosen Himmel, plötzlich aber wird alles grau, und wie aus dem Nichts ziehen wilde Gewitter auf, die tagelang anhalten können. Es ist eine der feuchtesten Ecken der Welt; die durchschnittliche Niederschlagsmenge beträgt achttausend Millimeter im Jahr. Nichts für Zartbesaitete; aber wenn man an Rucksackreisen gewöhnt ist, ist es vergleichsweise sicher. Da ich in einer Wüstenstadt lebe, faszinieren mich Blitz, Donner und prasselnder Regen, die ich am Firmament beobachten kann – für die Einheimischen aber ist das alles ganz normal.

Gorgona liegt fast immer unter einer dünnen Dunstschicht. Wenn man näher kommt, bietet sich ein atemberaubender Anblick. Gorgona ragt an seiner höchsten Stelle, dem Cerro la Trinidad, über dreihundert Meter aus dem Meer auf, die Insel ist etwa neun Kilometer lang und zweieinhalb Kilometer breit, sie ist vom Festland durch einen tiefen Unterwassergraben getrennt und von zahlreichen Felsen und Inselchen umgeben. Als ich Gorgona und den dichten tropischen Regenwald, der die ganze Insel bedeckt, zum ersten Mal aus der Ferne sah, fühlte ich mich wie auf einer Zeitreise.

Wie Alcatraz bei San Francisco war auch Gorgona früher eine Gefängnisinsel. Die Anlage wurde 1985 geschlossen, und der Staat hat die Idee verwirklicht, die Insel zum Nationalpark zu erklären, um die üppige, artenreiche Flora und Fauna des tropischen Regenwaldes und der Korallenriffe zu schützen. Dazu weist Gorgona durch ihre vom amerikanischen Kontinent isolierte Lage viele endemische Pflanzen- und Tierarten auf. Ihr Name geht auf die Gorgonen der griechischen Mythologie zurück – drei geflügelte, grauenerregende Wesen mit Schlangenhaaren und versteinerndem Blick, die bekannteste ist die sterbliche Gorgo Medusa. Gorgona passt als Name also wirklich hervorragend zu der Insel, nachdem es dort zwölf Schlangenarten gibt, drei davon sind hochgiftig. Wegen der Schlangen im Landesinneren und der Haie, die die Wasserstraße zwischen Insel und Festland bevölkern, waren Fluchtversuche für die Gefangenen damals nicht eben angeraten. Doch so gefährlich dies auch klingen mag, man ist auf der Insel sehr viel sicherer, als man meinen könnte.

Das ehemalige Gefängnis ist mittlerweile überwuchert, lediglich ein Teil ist noch zu sehen. Gorgona ist unbewohnt bis auf die Mitarbeiter der Nationalparkbehörde, die an der Ostküste in der einzigen und sehr ruhigen Ortschaft El Poblada Unterkünfte für etwa achtzig Besucher und ein Lokal errichtet hat, nachdem sich die Insel zu einem beliebten Ziel des Ökotourismus entwickelt hat. Besucher brauchen eine Erlaubnis, Camping ist nicht gestattet. Jede Besuchergruppe bekommt bei der Ankunft einen Guide zugewiesen, der sie begleitet. Da es in den Tropen Giftschlangen gibt, muss man kniehohe Gummistiefel tragen – natürlich nicht am Strand vor dem Gästehaus.

~~~

Nach anderthalb Stunden Fahrt über die vorwiegend ruhige, manchmal jedoch kabbelige See weicht der Dunst, und Gorgona kann in ihrer ganzen Pracht bestaunt werden.

Zu Wasser auf die Insel zu kommen ist ein mystisches Erlebnis. Ich konnte sehen, dass es den anderen Besuchern genauso erging. Plötzlich steht einem dieser erhabene Berg wie ein stiller Riese mitten im Meer vor Augen, bedeckt von Regenwald und umgeben von kristallklarem, tiefem blauen Wasser. Ich sah, dass es selbst in Inselnähe wirklich sehr tief war. Später erfuhr ich, dass bei Flut die Strände rund um die Insel fast verschwinden. Das Wasser ist bis zehn Meter vom Strand entfernt knietief, auf einmal aber sacken Sand und Fels ohne Vorwarnung dreißig Meter ab. Schwimmt man fünfzig Meter weiter hinaus, kann die Tiefe bis zu zwei-, dreihundert Meter betragen.

Gorgona ist einer der schönsten Nationalparks, die ich in meinem ganzen Leben besucht habe. Da die Insel immer im Dunst liegt und es fast jede Nacht regnet, fließen Dutzende Bäche vom Berggipfel an die Küsten und ins Meer. Um dies auszunützen, hat die Nationalparkbehörde kleine Wasserkraftwerke gebaut; mit der erzeugten Energie werden die Forschungsstation und die Besucherunterkünfte versorgt. Und wenn es nicht regnet, springen Solarpaneele ein, die, sorgsam versteckt, auf den Dächern aller Gebäude angebracht sind – ökologisch also komplett nachhaltig. Mit inseleigener Energie wird auch das Abwasser biologisch abbaubar geklärt. Alles organische Material wird zu Dünger kompostiert und aufs Festland gebracht. Vom Festland wiederum kommen Lebensmittel. Außer dem Besucherzentrum, den Gästehäusern, der Forschungsstation und der Tauchbasis wurde die Insel belassen, wie sie von Anbeginn war: wild. Ein paar Wanderwege im Inselinneren sind die einzigen Hinweise auf die Anwesenheit von Menschen. Der Rest ist Natur pur – auf der Insel wie auch in den Tiefen des Meeres, das Gorgona umgibt.

Von meiner Warte aus habe ich mehr, sehr viel mehr erlebt, als ich erwartet hatte. Ich fand einen Ort, an dem ich mich zu Hause fühlte, obwohl ich nie zuvor dort gewesen war. Internet, Fernsehen, Handy – so etwas gibt es hier nicht. Um ehrlich zu sein, am Anfang vermisst man es irgendwie, aber schon nach einem Tag hatte zumindest ich mich von der Welt der Technik gelöst, in der ich normalerweise lebe. Und wieder einmal durfte ich erfahren, dass so viele materielle Dinge, die einem im Alltag unabdingbar erscheinen, überhaupt nicht mehr wichtig sind.

Schließlich legten wir auf Gorgona an. Wir wurden von einem Zollbeamten empfangen, und unser Gepäck wurde gründlich durchsucht – Alkohol und Drogen sind verboten, genauso wie Sonnencremes, die biologisch nicht abbaubar sind. Rauchen ist nur in ausgewiesenen Zonen gestattet. Auch Waffen und Messer aller Art dürfen nicht getragen werden – wer welche dabeihat, muss sie bis zur Rückreise abgeben. Nach der Überprüfung beim Zoll wird man aufs Zimmer gebracht, wo man sich kurz über alles informieren kann, was auf der Insel möglich ist und was nicht. Nach fünf Uhr abends muss man Gummistiefel tragen für den Fall, dass man das Pech hat, einer Giftschlange oder irgendeinem gefährlichen Käfer zu begegnen. Die Wege dürfen tagsüber mit einem Guide begangen werden. Von der Insel darf nichts entfernt werden, nicht mal ein Kieselstein – was mich an den Hinweis auf den Schildern der wunderschönen australischen Naturparks erinnert: *Macht nur Fotos, hinterlasst nur Fußspuren.*

Abgesehen von diesen drei Grundregeln, kann man tun und lassen, was man will. Dabei sollte man sich auf sein Gespür verlassen. Man ist zwar mitten im Urwald und von gefährlichen Reptilien umgeben, aber im Grunde geht es einfach darum, Vorsicht und gesunden Menschenverstand walten zu lassen. Wie ich später erfuhr, sind die häufigsten Unfälle nicht auf Schlangen oder andere naturbedingte Ereignisse zurückzuführen – achtzig Prozent der Unfälle stoßen Menschen zu, die eine Kokosnuss abbekommen, wenn sie unter einer Palme sitzen oder darunter spazieren gehen!

Aber ich vergaß nie, dass ich den weiten Weg aus einem einzigen Grund gemacht hatte: Buckelwale. Von Juli bis September ziehen sie mit ihren neugeborenen Kälbern im planktonreichen Wasser an der Insel vorbei, um dem antarktischen Winter zu entkommen. Das tun sie seit Tausenden von Jahren. Nachdem die Population durch die verheerende Waljagd fast ausgerottet war, wächst sie seit dem weltweiten kommerziellen Fangverbot wieder stetig.

Gorgona ist auch ein Schnorchel- und Tauchparadies, also beschloss ich, mich erst einmal in die Fluten zu stürzen. Auf dem Weg zum Strand sah ich einen *Anolis gorgonae*; die einzige blaue Eidechsenart der Welt ist auf Gorgona heimisch. Das Tier folgte mir zum Wasser – wie auf den Galapagos-Inseln haben auch hier die Tiere keine Angst vor Menschen. Als ich Taucheranzug, Flossen und Brille anzog, sah es mir amüsiert zu.

Ich fühlte mich wie neu geboren und dankte dem Leben für diese neue, wundervolle Erfahrung, die es mir schenkte, ohne dafür etwas zurückzuverlangen. Ich ging ins Wasser, es war warm, nicht so warm wie in der Karibik, aber dennoch angenehm. Ich watete mit meinen Flossen etwa zehn Meter ins seichte Meer hinein, dann fiel der Grund jäh ab.

Ich tauchte tief hinein, Geist und Seele füllten sich mit neuer Kraft im Meer – in diesem Element, in dem ich mich auf der ganzen Welt immer am wohlsten fühle. Ich entspannte, atmete tief ein und sank in völliger Gelassenheit immer tiefer. Nach ein paar Minuten war es Zeit, wieder aufzutauchen, und ich ließ mich sanft an die warme Meeresoberfläche tragen.

Etwa zwanzig Meter vom Strand entfernt füllte ich meine Lungen wieder mit Luft und tauchte noch einmal unter, tiefer und tiefer, vielleicht zehn, fünfzehn Meter. Dann begannen meine Ohren zu schmerzen, ich musste Druckausgleich machen, indem ich mir die Nase zuhielt und ausatmete, sodass der Wasserdruck und der Druck in meinen Ohren wieder derselbe war. Dann ließ ich mich mit verschränkten Armen durch die Tiefe treiben und die Anblicke und die Geräusche der Natur auf mich wirken.

Doch auf das, was dann kam, war ich nicht vorbereitet. Sofort vernahm ich sie! Es ist mir fast unmöglich, mit Worten zu beschreiben, was ich fühlte und hörte. Die Gesänge kamen von überall her. Ich kam mir vor wie in einem Unterwasseramphitheater – eine Symphonie aus Geigen und anderen Instrumenten, das Meer war von so ungewöhnlichen Gesängen erfüllt, dass nur die Natur oder Gott sie erschaffen haben konnte. Ich hatte Gott geschaut! Dutzende Buckelwale sangen! Ich hatte gehört, dass der Mensch die Lieder der Buckelwale unter Wasser über einen Kilometer weit hören kann, aber ich hätte nie gedacht, dass es so viele sind.

Ich lächelte wie ein Kind über das, was mir zuteil wurde. Nach einer Weile in der Tiefe tauchte ich wieder auf, schwamm zurück und setzte mich in den Sand. Dass ich dies hören und erleben durfte, hätte ich niemals für möglich gehalten.

Ich hatte noch vier Nächte und fünf Tage auf Gorgona – die magische Reise hatte gerade erst begonnen, eine neue Reise in die Welt, die uns umgibt, und die tiefste Reise in mein Ich – aber das sollte ich erst später feststellen.

Am nächsten Morgen wache ich sehr früh auf. Die Sonne steht schon am Himmel, kein Wölkchen am Horizont.

Für einen Naturliebhaber wie mich ist ein Spaziergang durch den Regenwald wie eine Rückkehr in die Heimat. Riesige, uralte Bäume versperren mit ihrem dichten Laub den Blick auf die Tiere – Affen, Schlangen, Vögel und kleine Reptilien, deren Laute und Bewegungen man hören, aber nicht sehen kann. Nur mit geübtem Auge – oder wenn man sich Zeit nimmt, anzuhalten, zu verweilen und zu rasten, und eins wird mit der Umgebung – kann man beispielsweise ein Insekt entdecken, das einem Blatt so ähnlich sieht, dass man es für einen Teil des Baumes hält. Oder eine Schlange, die im Geäst hängt und durch ihre Mimikry zwischen den braungelben Zweigen gar nicht auffällt. Überall Pilze, fünf Meter hohe Kolonien, die aufgrund der extremen Luftfeuchtigkeit in diesen regenreichen Urwäldern nur so sprießen.

Der Nebel verzieht sich nach und nach, während in der Hitze die Wassertropfen, die in der Nacht zuvor gefallen sind, vollständig verdampfen. Wie bei allem im Leben muss man auch hier haltmachen, muss sich hinsetzen und beobachten, wenn man nicht übersehen will, was vor einem liegt. Man braucht Geduld. Nur dann tauchen all die Wunder der Natur langsam vor einem auf, und der Geist beginnt, in derselben Frequenz zu schwingen wie diese Parallelwelt, die schon immer da war.

~~~

Ich gehe zum Frühstück ins Restaurant. Die wundervolle Maria, die das Lokal führt und die ich schon bei meiner Ankunft kennengelernt habe, deckt die Tische für die Gäste, die bald kommen werden.

Ich wähle den Tisch, der dem Meer am nächsten steht, und habe einen fantastischen Blick auf den Horizont. Der Ozean sieht aus wie ein riesiger See – El Poblada liegt gegenüber der Festlandsküste, die man jedoch nicht sehen kann. Aber die Boote können an dieser Seite besser und sicherer anlegen, denn die Westseite ist dem offenen Meer zugewandt und starken Winden und hohem Wellengang ausgesetzt. Zu erreichen ist sie über einen herrlichen Wanderweg, der auch über den höchsten Punkt der Insel führt.

Maria, eine schöne junge Frau mit ebenholzfarbener Haut, bringt mir ein köstliches Frühstück: exotische tropische Früchte, Toast mit Marmelade und meinen geliebten Kaffee. Sie lächelt.

»Willst du sonst noch etwas, Sergio?«

»Was könnte ich sonst noch wollen?«

Sie schenkt mir ein strahlendes Lächeln und geht langsam wieder zurück, sich wiegend wie der Regenwald, in perfekter Harmonie mit der Welt, in der sie sich zu leben entschieden hat.

Nach dem Frühstück bestelle ich noch einen Kaffee und spaziere dann durch die dichte Flora zum Strand. Kurios: Da warnen sie einen vor Schlangen und Affen und sagen, man soll sie nicht füttern, aber die größte Gefahr sind Kokosnüsse. Sie liegen überall auf dem Boden, können jederzeit vom Baum fallen, und wenn man von einer getroffen wird, kann es so schlimm sein, dass man aufs Festland gebracht und die Wunde genäht werden muss.

Ich sitze an dem kleinen Strand mit schönen runden Kieseln, geformt von den Bächen, die aus allen

Richtungen ins Meer rinnen. Wieder einmal brauche ich fünf Minuten, bis ich merke, dass sich fast der ganze Strand um mich herum bewegt – Einsiedlerkrebse in allen Farben und Größen. Tausende! Ich nehme einen in die Hand, er zieht sich gleich in sein Schneckenhaus zurück. Aber während ich ihn in der warmen Hand halte, verliert er seine Angst und kommt wieder heraus, erst etwas zaghaft, dann aber sieht er mich mit seinen schönen, seltsamen Augen furchtlos an. Er spaziert auf meiner Handfläche umher, vermutlich ist es dort wärmer als auf den kühlen Steinen, und er entschließt sich, zu bleiben und ein Nickerchen zu halten.

Eine Stunde lang spiele ich mit diesen hübschen kleinen Krebsen, die alle in ganz unterschiedlich gefärbten schönen Schneckenhäusern stecken.

Während ich dasitze, höre ich einen dumpfen Knall – eine Kokosnuss ist vom Baum gefallen.

Und dann ist es, als würde ich eine Tier-Doku sehen: Eine nicht enden wollende Reihe Ameisen schleppt wie eine endlose Marschkolonne aus Arbeitern Blätter einen Baumstamm hinauf.

Doch auf einmal erregt draußen auf dem Meer etwas meine Aufmerksamkeit. Ich schaue hinaus aufs Wasser – etwa hundert Meter entfernt springt ein riesiger Buckelwal aus den Wellen. Er ist zwar nicht sehr nah, aber ich kann seine schiere Größe und die Wasserverdrängung erspüren, als er wieder ins Meer zurückfällt. Ein paar Gäste, die gerade frühstücken, rennen zur Veranda, während der Wal seine Schau noch ein paarmal wiederholt.

Jedem der Gäste steht die Begeisterung ins Gesicht geschrieben. Und so plötzlich, wie er aufgetaucht ist, hebt der Wal dann seine Fluke und taucht wieder ab. Kurz darauf ist außer schäumender Gischt auf dem Meer nichts mehr zu sehen.

Für mich aber bedeutet der Anblick des Buckelwals etwas anderes. Da die Wale nun so dicht an der Küste sind und das Ziel meiner Reise von Anfang an klar war, renne ich schnell in mein Zimmer, hole Taucheranzug, Handschuhe, Flossen und Schnorchel. Ich habe das Gefühl, dass die Zeit gekommen ist.

Vor knapp zwanzig Jahren, 1994, war die Wellenreitergemeinde schockiert vom Tod eines legendären Profisurfers, des Hawaiianers Mark Foo. Er starb in Mavericks, in den Riesenwellen vor Half Moon Bay an der kalifornischen Küste südlich von San Francisco. Zusammen mit seinen Kollegen wollte er diese sagenhaften Brecher reiten – auch ich habe das schon zweimal getan, allerdings waren sie damals nicht so hoch. Es ist ein wirklich gefährlicher Ort – falls man fällt und nicht mehr aus der Welle herauskommt, wird man mit großer Wahrscheinlichkeit an den Felsen und Klippen zerschmettert, wenn die Welle bricht. Außerdem gibt es dort Weiße Haie; daran denkt man allerdings nicht so sehr, denn die wahre Gefahr ist die tosende Brandung. Man hat genug damit zu tun, an den Horizont zu blicken und nach dem nächsten Set Wellen Ausschau zu halten.

Warum ich das erzähle? In einem Surf-Magazin habe ich einen Satz gelesen, den Mark Foo ein halbes Jahr vor seinem Tod gesagt hatte und an den ich immer denken muss: »Wenn man bereit ist, die ultimative Herausforderung anzunehmen, muss man sich darüber klar sein, dass man damit auch bereit ist, der ultimativen Gefahr ins Auge zu blicken.«

Bei ihm selbst war es dann auch so – er hat die ultimative Herausforderung angenommen, sich leider auch der ultimativen Gefahr ausgesetzt und ist in der bewegten See an dem berühmt-berüchtigten Surf-Spot in einer Riesenwelle ertrunken. Mark Foo ritt die größten Wellen dieser Erde und kannte das Risiko jedes Mal ganz genau. Dennoch trieb er sich immer weiter an seine Grenzen und starb, als er seiner Lieblingsbeschäftigung nachging.

Eine traurige Nachricht über den Surfer, den ich immer bewundert, aber nie persönlich getroffen habe. Er weiß auch nicht, dass er mir im Herzen eine Lektion erteilt hat, die ich immer zu befolgen versucht habe: Im Leben geht es darum, Dinge zu tun – nicht darum, sie zu besitzen. Es ist nicht so sehr von Bedeutung, wie lange man lebt, sondern *wie* man lebt. Deshalb gehe ich auch selten zu einem Fußballspiel ins Stadion – weil ich mir in jedem Bereich des Lebens, für das ich mich entschieden habe, geschworen habe, selbst Spieler auf dem Feld zu sein und nicht Zuschauer auf der Tribüne. Ich möchte Teil des Spiels sein. Ich möchte etwas erleben, nicht zusehen. Doch wenn man eine Entscheidung trifft und sich in eine Situation begibt, in der es heißt: »Ganz oder gar nicht«, ist damit ein großes Risiko verbunden.

Also, Mark Foo, wo auch immer du nun bist – wahrscheinlich reitest du in einer Parallelwelt Riesenwellen –, danke, dass du mich dies fürs Leben gelehrt hast: *Wenn man bereit ist, die ultimative Herausforderung anzunehmen, muss man sich darüber klar sein, dass man damit auch bereit ist, der ultimativen Gefahr ins Auge zu blicken.*

Zurück am Strand gehe ich direkt zur Tauchbasis, hundert Meter vom Hauptquartier entfernt. Der Kolumbianer David, Tauchlehrer und Guide, ist ein wunderbarer unabhängiger Geist. Er begleitet uns bei allen Tauchgängen. Ich hatte ihn schon im Lokal getroffen und mit ihm einen Tauchgang vereinbart. Er sagte mir, dass südlich der Basis und ganz in Strandnähe ein prächtiger Korallengarten liege, der sehr gepflegt werde und in dem alle möglichen Fischarten und andere Wasserbewohner beheimatet seien. Am besten käme ich dorthin, wenn ich ein paar Hundert Meter durch den Sand ginge und mich dann von der Nordsüdströmung langsam durch den Garten tragen ließe.

»Und was ist mit den Walen?«, fragte ich ihn.

»Was soll mit ihnen sein?«

»Willst du denn nicht mit ihnen schwimmen?«

»Zu gefährlich, Sergio, ich habe eine Frau und zwei Kinder. Wale sind nicht aggressiv, aber wenn etwas schiefläuft, kann man dabei dennoch ums Leben kommen. Mit Walen zu schwimmen ist wirklich alles andere als ungefährlich. Glaub mir.«

»Bis später dann, David.«

»Viel Spaß!«, hörte ich ihn noch rufen, als ich schon auf dem Weg zum Korallengarten war.

Zwanzig Minuten später schnorchele ich schon und suche den Weg, den David mir beschrieben hat.

Nach fünf Minuten sehe ich die ersten Lebenszeichen – eine einsame Schildkröte gleitet durchs Wasser. Ich folge ihr unauffällig, und sie bringt mich direkt zum Korallengarten. Wie schön er ist! Durch das seichte Wasser und die starke Sonne sind die Farben der Korallen und der Fische noch leuchtender. Es ist gut zu wissen, dass es noch immer Menschen gibt, die sich kümmern und sich bewusst sind, wie wichtig es ist, die Natur zu erhalten.

Ich habe das Gefühl, eine neue Ära bricht an – wir Menschen werden der Natur sehr viel mehr Respekt entgegenbringen und anfangen, die Zerstörungen zu beheben, die wir angerichtet haben. Das erkenne ich am Verhalten kommender Generationen. Immer mehr Menschen werden Vegetarier, zu Tausenden geben sie das Rauchen auf – ich leider noch nicht! An allen Ecken und Enden der Welt sehe ich, wie sich immer mehr Windräder drehen. Gleich nach dem schrecklichen Erdbeben, dem Tsunami und dem Atom-GAU, die die japanische Küste im Frühjahr 2011 heimgesucht haben – eine noch größere Katastrophe biblischen Ausmaßes, der Super-GAU, konnte zum Glück abgewendet werden –, hat die deutsche Regierung beschlossen, in den nächsten zwanzig Jahren alle Atomkraftwerke im Land vom Netz zu nehmen.

Ich glaube, es kommen rosigere Zeiten.

Noch immer wie benommen von der Fülle bunter Farben und dem Leben um mich herum hörte ich sie wieder, die Gesänge der Buckelwale. Ohne es zu merken, war ich immer weiter hinausgeschwommen. Ich befand mich jedoch noch weit vor der Grenze, die Schwimmer nicht überschreiten sollten, aber der Meeresgrund war steil abgefallen. Walkühe und -kälber füllten jeden Kubikzentimeter im Meer wie das schönste philharmonische Orchester. Ich versuchte, sie zu rufen, ihre Laute nachzuahmen, und verharrte still, wenn sie mir antworteten; zumindest nahm ich das an. Ich war mir sicher, dass sie zuhörten, denn sie wurden immer lauter – als würden sie näher kommen.

Ich habe in meinem Leben schon alle möglichen verrückten Dinge gemacht, aber allein mit Buckelwalen zu schwimmen ist, wie David gesagt hatte, beileibe nicht ungefährlich. Wenn man in der Nähe eines so riesigen Tieres ist, das um die dreißig Tonnen wiegt, und dann auch noch die kleinen Kälber streicheln will, muss man sich wirklich auf sein

Gespür verlassen, und genau das tat ich. An einer der roten Tonnen, die als Bojen und Grenzpunkte für Schwimmer fungieren, hing ein loses Tau, das ich mir fest ums Handgelenk band. Nachdem ich mit etwas an der Wasseroberfläche Schwimmendem verbunden war, fühlte ich mich sicherer – warum, weiß ich nicht. Ich hatte keine Angst vor den Walen an sich, sondern vor ihren möglichen Reaktionen. Also trieb ich im Wasser und versuchte stillzuhalten, während ihre wundervollen Gesänge mit jeder Antwort von mir näher und näher kamen. Und dann sah ich sie – eine gigantische graue Gestalt, die sich langsam auf mich zubewegte.

~~~

Ich halte mich an dem Seil der Boje fest und versuche, mich nicht zu bewegen, damit die Strömung mich nicht abtreibt. Da bin nur ich, meine Flossen, meine Taucherbrille, mein Schnorchel. Mit dem Kopf unter Wasser wird die Musik der Wale immer lauter.

Plötzlich beginnt etwas zu vibrieren. Unter mir geht es dreißig Meter in die Tiefe, die Sicht ist gut. Jetzt heißt es: entweder bleiben oder zum Strand zurückschwimmen.

Für jeden Menschen kommen Momente im Leben, in denen er eine schnelle und harte Entscheidung treffen muss: Bringe ich mich in Sicherheit, oder bleibe ich und sehe dem Unbekannten ins Gesicht? Mein Verstand sagt mir, ich soll zurückschwimmen, mein Herz sagt mir: bleib. Wieder einmal ist es Zeit, die Ängste loszulassen, die Angst vor allem, was man nicht kennt. Es ist Zeit, die Furcht und alles andere abzulegen, was man mir im Lauf des Lebens beigebracht hat. Zeit für meine Seele, Zeit, mich von den Ketten zu befreien, die mein Schicksal halten. Sollte etwas schiefgehen und sollte ich zu spät begreifen, dass ich egoistisch und fahrlässig gehandelt habe, indem ich über meine menschlichen Beschränkungen hinauswachsen wollte, bitte ich um Vergebung, solange ich noch kann. Ich habe viele Brücken überquert und bin viele Risiken eingegangen, die mich letzten Endes in diese besondere Situation gebracht haben – nur um meinem Schicksal zu begegnen. Was auch immer passieren mag, ich muss akzeptieren, dass niemand außer mir dafür verantwortlich ist. Egal, was kommt, ich akzeptiere, dass ich bin, wer ich bin. Ich weiß genau, was ich tue, aber sollte ich mich selbst betrügen? Ich habe das Recht, Todesangst zu haben und die Konsequenzen für mein Tun zu tragen. Ich muss mein Leben konsequent leben – unabhängig davon, ob andere dies wissen und so wahrnehmen oder nicht. Zu meinen, man hätte die Wahrheit gepachtet, schadet der Seele viel mehr. Zwischen Glücklichsein und Rechthaben wähle ich Ersteres. Was ich nun erleben würde, lässt sich mit nichts vergleichen, was ich früher getan habe. Da noch nicht viele Menschen versucht haben, sich Buckelwalen zu nähern, gibt es kein Regelwerk dafür, wie man sich verhalten soll. Ich muss auf die Stimme meines Herzens hören und die Dinge annehmen, wie sie kommen. Wahrscheinlich ist es eine der gefährlichsten Erfahrungen, für die ich mich entschieden habe. Es gibt keine Entschuldigung und am Ende auch niemanden, dem man die Schuld geben kann. Vielleicht bin ich für andere ja egoistisch – nach meinem Dafürhalten ist es jedoch kein Egoismus. Ich bin bereit, der ultimativen Gefahr ins Auge zu blicken. Also bleibe ich.

Das beste Orchester der Welt könnte es nicht mit dem aufnehmen, was ich mit den Ohren und mit meinem Herzen hören kann. Es ist reine, machtvolle Musik – die Musik des Lebens selbst. Sie schwingt so stark, dass ich mitunter den Eindruck habe, sie dringe in mich ein. Ich versuche vergebens, die Laute nachzumachen, die ich höre, während Mutter Buckelwal auf mich zukommt. Allein durch ihre Größe fühle ich mich ganz klein und demütig. Langsam kommt sie näher. Ich habe Angst, aber dann spricht wie immer in solchen Situationen die Stimme meines Herzens zu mir: Wirf deine Ängste über Bord, bevor sie überhaupt aufkommen. Lass dich vom Licht dieses einzigartigen Augenblicks umfangen.

Also tue ich, was ich tun muss: Ich schließe die Augen, atme langsam, rolle mich an der Wasseroberfläche zusammen, meditiere und versuche, den Seelenfrieden zu finden, den ich vor langer Zeit hoch oben im Himalaja empfunden habe. Ich versuche, mich auf das Unverhoffte vorzubereiten, indem ich wie ein kleines Kind bin, das noch nicht zur Schule gegangen ist. Und wieder einmal geschieht das Wunder: Die Angst verschwindet, ich bin eins mit dem Meer und dem Universum. Ich mache die Augen auf, und da ist sie, vierzig Tonnen schwer und doch das friedlichste und gelassenste Geschöpf, das ich je zu Gesicht bekommen habe! Sie kommt von unten auf mich zu. Sie singt nicht mehr. Ich hole tief Luft und entspanne mich, so gut es geht. Sie kommt immer näher – zwanzig Meter, zehn, fünf... Zwei Meter vor mir hält sie an. Ich muss mich am Tau ganz fest halten, denn die Wasserverdrangung durch die Bewegungen des Wals ist sehr viel stärker als gedacht. Sein Auge ist so groß wie mein Kopf. Anfangs meine ich, die Walkuh würde mich neugierig beobachten, aber dann wird mir klar, dass sie mir so nah sein will wie ich ihr. Sie verharrt vor mir im Wasser. Zwischen uns gibt es ein körperliches und seelisches Band. Nur mein leiser Atem ist zu hören, ich versuche, so reglos wie möglich zu sein, die Walkuh macht dasselbe.

Plötzlich höre ich hinter mir einen wunderschönen Gesang, nur in einer höheren Tonlage. Ich drehe ich mich um – das Kalb beobachtet mich von der anderen Seite aus! Es wiegt schätzungsweise acht Tonnen und ist etwa zehn Meter lang. Ich muss kurz an Daniel denken, meinen Sohn – wie ähnlich sich die Geschöpfe dieser wundervollen Welt doch sind! Wie der kleine Mann, zu dessen Zeugung ich beigetragen habe, ist auch das Kalb ganz verspielt. Es schwimmt viel schneller als seine Mutter und kommt noch näher an mich heran. Ich spüre, dass es meinetwegen aufgeregt ist und eine Menge Spaß hat, während es einfach nur um mich herumschwimmt. Die Wasserbewegungen sind jetzt so heftig, dass ich wirklich Mühe habe, mich noch am Seil der roten Tonne festzuhalten. Ich habe das Gefühl, dass ich nun loslassen muss. Gleich darauf treibe ich direkt unter der Wasseroberfläche im Kreis. Die Walkuh blickt mich weiterhin wachsam an, ihr Mutterinstinkt ist wahrscheinlich sehr viel ausgeprägter als das Vertrauen, das sie in mich setzt, der ich so dicht bei ihrem Jungen bin. Doch aus Gründen, die ich nicht erklären kann, weiß sie, dass ich harmlos bin, dass ich mich unendlich freue, ihr und ihrem Kalb so nahe zu sein. Aber ich bewege mich nicht auf das Kalb zu, ich warte, dass es von selbst kommt.

~

Seit einer Viertelstunde weichen die Wale mir nicht mehr von der Seite. Ich kann spüren, dass die Mutter mit meiner Anwesenheit nun sehr viel gelassener umgeht und ihr Kalb in direkter Nähe zu mir spielen lässt. Ich weiß, dass ich mich ganz auf mein Gespür verlassen muss. Also warte ich ab, bis das Kalb genau hinter seiner Mutter ist, und lasse ganz los. Ich bewege nur leicht die Flossen, um weiterzudriften, ansonsten lasse ich mich von der sanften Strömung parallel zur Inselküste hundert Meter weit zur nächsten Boje treiben. Ich bin zwar an der Wasseroberfläche, kann aber durch meine Taucherbrille in die Tiefe blicken und durch den Schnorchel atmen. Das kleine Kalb folgt mir zusammen mit seiner Mutter. Nun liege ich im Wasser und schnorchele – Wale mögen die Luftblasen nicht, die von Taucherflaschen aufsteigen. Die Wale hören mich atmen, so wie ich sie singen höre.

Die Strömung treibt mich langsam an die nördliche Küste, ich stehe praktisch im Wasser und schlage ganz vorsichtig mit den Flossen, um nicht zu weit von der Insel abgetrieben zu werden. Das Wasser ist weder trüb noch kristallklar wie in der Karibik, aber durch den wolkenlosen Himmel und die helle, heiße Sonne ist die Sicht ziemlich gut, ich kann etwa fünfzehn, zwanzig Meter weit sehen.

Mich verblüfft die Nähe der Wale. Würde ich mich ein paar Meter von meiner Position wegbewegen, könnte ich sie berühren. Aber das mache ich nicht. Ich bin nur Gast, also tue ich nichts, was sie als Bedrohung empfinden könnten, auch wenn ich innerlich völlig ruhig bin und nicht den Hauch von Angst habe. Dann spüre ich am Rücken einen starken Sog, der mich durchs Wasser wirbelt – das Kalb hat mich fast berührt! Man kann die Größe dieser schönen Tiere nicht gut schildern, wenn man ihnen so nah ist, man kann auch nicht beschreiben, wie leicht es für sie wäre, mich in Gefahr zu bringen, indem sie sich einfach nur ein bisschen schneller bewegten. Sie wissen, welche Wassermassen sie verdrängen. Immer wenn sie näher kommen und wieder zurückweichen, drehe ich mich wie ein Kreisel im Wasser. Ich sehe nun, wie die Walkuh auftaucht, um Luft zu holen, das Kalb folgt ihr. Es ist das Zeichen, dass sie nun gleich wieder in die Tiefen des Ozeans abtauchen werden. Ich habe eine kleine Digitalkamera dabei, fotografiere jedoch nicht so gern, weil ich die glücklichsten Momente meines Lebens lieber tief in meinem Herzen aufbewahre, aber dieses Bild muss ich einfach machen: den hinteren Teil der Walkuh im Wasser, während sie atmet, bevor sie mit ihrem Kalb wieder wegschwimmt. Ich paddele mit den Flossen, damit ich genau in dem Moment an die Oberfläche komme, in dem sie den Blas auslässt, um ihre Lungen wieder mit frischer Luft zu füllen. Die beiden schwimmen nun schneller. Ich weiß, dass es Zeit für sie ist zu gehen und ich bleiben muss. Also bleibe ich, sie ziehen davon. Schließlich buckelt das Muttertier – die typische Haltung der Wale, bevor sie abtauchen. Sie sind noch etwa zehn Meter entfernt, ich stehe mit meiner Kamera im Wasser und kann ein letztes Bild von der Fluke der Mutter machen, bevor sie mit ihrem Kalb verschwindet. Kurz darauf bleibt an dieser Stelle nur schäumendes, bewegtes Wasser zurück. Ich schwimme zum Strand und höre ihre wunderschönen Gesänge verklingen …

Als ich aus dem Wasser komme, sieht mich David, mein Tauch-Buddy und -Guide, mit einem breiten Lächeln an. Seelisch und körperlich völlig erschöpft, setze ich mich auf einen umgestürzten Baumstamm und sehe zu, wie die Wale aufs Meer hinausziehen. Ich fühle mich wie nach einer Wiedergeburt.

Tschüs, meine Freunde, denke ich, hoffentlich sehen wir uns bald wieder.

Ich versuche, wieder zu mir zu kommen. Aus irgendeinem Grund ist ein Teil von mir im Wasser geblieben. Ich sehe noch immer die Bilder dieses kurzen, aber einzigartigen Moments vor mir, sie stehen vor meinem geistigen Auge und wohnen in meinem Herzen. Da sagt meine innere Stimme: Du hast es getan.

Ja.

Ich habe es getan. Und nun bin ich mehr denn je davon überzeugt, dass es im Leben im Wesentlichen darum geht, Dinge zu tun, nicht darum, sie zu besitzen. Dass man Augenblicke erleben muss, die die Seele des Menschen erleuchten und den Geist auf ein höheres Niveau heben. Ich sage es noch einmal: Es spielt keine Rolle, wie lange man lebt, sondern *wie* man lebt und was man in seinem Leben erlebt.

Ich ziehe die Flossen aus. Ein starker Sturm zieht auf. Nachdem mein Traum nun wahr geworden ist, möchte ich nur noch eine Dusche in meinem hübschen kleinen Zimmer mitten im grünen Urwald dieses Stückchens vom Paradies, das sich Gorgona nennt, nehmen und allein sein.

Ich stehe von dem Baumstamm direkt gegenüber dem unermesslichen Meereshorizont auf. Donner und Blitz sind in der Ferne zu hören und zu sehen, langsam nähern sie sich der Insel. Die wilden Affen haben schon in den hohen Kokospalmen Schutz gesucht. Ich nehme meine Schnorchelsachen und sehe, dass ein paar Besucher und meine liebe Maria mir vom Lokal aus zulächeln. Überrascht bemerke ich, dass sich Gäste mit Ferngläsern und Fotoausrüstung am Strand versammelt haben. Sie stellen mir Fragen, ich antworte kurz. Ich will nicht unhöflich sein, aber ich war schon immer ein bescheidener Mensch. Ich werde verlegen, wenn man mir Komplimente macht oder mich anstarrt wie einen Freak, der merkwürdige, gefährliche Dinge tut.

~

Unter den Leuten am Strand war eine Spanierin um die fünfzig. Sie nahm mich am Arm und zog mich von den anderen weg.

»Sie sind doch Schriftsteller, nicht wahr?«

»Ja, woher wissen Sie das?«

»Beim Abendessen gestern mit meiner Familie habe ich Sie allein an dem Tisch direkt am Meer sitzen sehen. Ich habe Sie wiedererkannt. In den Umschlägen Ihrer Bücher sind ja Fotos von Ihnen, und außerdem habe ich ein Bild von Ihnen im Internet gesehen und wusste, dass Sie es sind. Ich habe fast alle Ihre Bücher gelesen.«

»Danke«, antwortete ich, »hoffentlich haben sie Ihnen gefallen.«

Sie lächelte.

»Ich vermute, Sie sind jemand, der es nicht mag, wenn man ihn für das lobt, was er schreibt, also lasse ich es sein.«

»Danke«, sagte ich und lächelte ebenfalls.

»Trotzdem würde ich gern einen Gedanken mit Ihnen teilen und Ihnen einen bescheidenen Rat geben, wenn ich darf.«

»Selbstverständlich.«

»Was Sie heute mit den Walen getan haben, werden ich und meine Familie nie mehr vergessen, wir werden diese einprägsame Erinnerung unser ganzes Leben lang in uns tragen. Sie müssen mir nicht danken, das ist nicht nötig. Aber ich habe das Gefühl, ich müsste Ihnen etwas sagen, was Sie vielleicht nicht wissen.«

»Bitte.«

»Menschen, die tun, was Sie gerade getan haben, wissen unter Umständen gar nicht, was sie anderen damit schenken. Ich weiß, dass Sie es tun, weil Sie es im Blut haben und es Ihnen egal ist, ob Ihnen jemand dabei zusieht. In einem Ihrer Bücher habe ich gelesen, dass Sie gern ganz allein und ohne Zeugen außer Möwen und Delphinen in Ihrem geliebten Meer die Wellen reiten.«

Ich lächelte wieder.

»Bitte, lassen Sie mich zum Ende kommen. Was ich Ihnen sagen will, ist Folgendes: Während Sie mit den Walen geschwommen sind, hat jemand gesagt: ›Dieser Typ ist verrückt.‹ Andere sagten: ›Er riskiert sein Leben.‹ Alle waren jedoch Menschen mittleren Alters. Nur die Kinder, die Sie gesehen haben, haben kein Wort gesagt, sie waren begeistert, sie rannten als Erste zum Strand, um Sie zu beobachten. Ich nehme an, die Kinder haben das empfunden, was auch Sie da draußen empfunden haben, als Sie wie ein Kind mit den Walen gespielt haben.«

»Sie haben tatsächlich meine Bücher gelesen!«, erwiderte ich.

Sie hielt meine Hand, gab mir einen zarten Kuss auf die Wange und sagte dann: »Machen Sie weiter wie bisher, und lassen Sie die anderen einfach reden.

Als ich Sie mit den Walen gesehen habe, hatte ich den Eindruck, dass es auf dieser Welt doch noch Hoffnung und Magie gibt. Kurz habe ich Sie mit einem kleinen Kieselstein verglichen. Als ich noch jünger war, bin ich immer gern an einen See in der Nähe der spanischen Stadt gefahren, in der ich lebe. Dann habe ich Steine auf die spiegelglatte Wasseroberfläche geworfen und zugesehen, wie sich kleine Kräuselwellen um den Stein gebildet haben und immer weiter geworden sind, bis sie aufs Ufer trafen. Sie haben sich immer in alle Richtungen ausgebreitet.« Sie sah mir in die Augen und fuhr fort: »Vielleicht wissen Sie es nicht, aber indem Sie tun, was Sie tun, und darüber in Ihren Büchern schreiben, verhalten Sie sich wie die Kieselsteine, die ich in den See geworfen habe: Sie verbreiten die gute Botschaft, eine Botschaft, die viele Menschen unbedingt hören müssen. Wenn Sie sich Ihre Bescheidenheit und Demut bewahren wollen, bitte – aber versprechen Sie mir eins...«

»Was könnte das sein?« Ihre schönen Worte hatten mich ganz verwirrt.

»Zitieren Sie mich in Ihrem nächsten Buch. Diese schöne, aber manchmal so raffgierige Welt braucht eine Menge sauberer Kieselsteine, die sie werfen kann, damit die Wellen, die sie bilden, die Seelen derer erreichen, die immer noch nichts begriffen haben oder aber die wissen wollen, dass es irgendwo Menschen gibt, die ihre eigenen Wellen schlagen.«

Eine Träne rann über meine Wange. »Das werde ich. Versprochen.«

»Danke. Formulieren Sie es so wie immer in Ihren Büchern – deshalb lese ich sie auch so gern: Sie sagen anderen Menschen nie, was sie tun müssen. Sie erzählen Geschichten über das, was sie getan und gelernt haben, gleichzeitig respektieren Sie aber auch die Menschen, die nicht notgedrungen so denken wie Sie selbst. Das machen nicht viele Schriftsteller.«

Sie gab mir Küsse auf beide Wangen, wie es in Europa üblich ist, dann drehte sie sich um und wollte zu ihrer Familie zurückgehen.

»Ich habe Sie gar nicht nach Ihrem Namen gefragt.«

»Spielt er denn eine Rolle?«, fragte sie und ging davon.

Ich denke, sie hatte recht. Nun aber war ich völlig verdutzt.

~

Ich ging auf mein Zimmer und duschte warm. Ich war ganz benommen, das Erlebnis war einfach überwältigend gewesen. Ob ich meine Augen schloss oder offen hielt – das Bild des Auges der Buckelwalkuh hatte sich wohl für immer in meine Netzhaut eingebrannt.

Nach der Dusche legte ich mich nackt aufs Bett. Ich zündete ein paar Kerzen und Weihrauch an und ließ schöne keltische Musik laufen. Ich schloss alle Fenster und versuchte, mich zu entspannen. Noch immer konnte ich die Buckelwale im Wasser um mich herum sehen. Ich musste diesen Augenblick bewahren, solange er anhielt. Wie sehr ich mir wünschte, diesen Moment in eine Flasche abfüllen und konservieren zu können! Dann könnte ich sie ab und zu öffnen, um niemals zu vergessen, was für ein Wunder das Leben doch ist.

Ich erwachte von Blitz und Donner. Es war schon dunkel. Ich machte die Fenster auf. Es regnete schon wieder. Ich zog mich an und setzte mich vor mein Zimmer. Nach einer Weile sah ich jemanden kommen. Es war David.

»Und? Wie war's?«, fragte er.

»Das musst du selbst erleben, David. Ich kann nicht in Worte fassen, was ich gefühlt habe. Als Profitaucher weißt du das besser als ich.«

Er lächelte. »Hattest du Angst?«

»Am Anfang schon. Aber als ich die Mutter vor mir und das Kalb hinter mir sah, wusste ich, dass ich nichts zu befürchten hatte. Ich hätte nie gedacht, dass sie ihr Kalb einfach so zu mir kommen lassen würde. Aber als es kam, merkte ich, dass sie instinktiv wusste, dass ich ihnen nichts tun würde. Dann hörte ich auf zu denken und ließ mich vom Fluss des Lebens tragen. Ich war ganz im Hier und Jetzt. Ich habe die Tiere nicht berührt, habe nur die Luft angehalten, bin vier, fünf Meter abgetaucht, und das Kalb folgte mir singend. Die Mutter blieb dennoch aufmerksam. Als ich keine Luft mehr hatte, stieg ich auf, und das Kalb folgte mir wieder. Die Mutter wartete oben. Ich hätte ewig dort bleiben können! Aber magische Augenblicke wie dieser gehen auch einmal zu Ende, meist dann, wenn man am wenigsten damit rechnet. Ich fand, es war an der Zeit zu gehen. Ich schwamm ruhig an der Walkuh vorbei und dankte ihr für ihr Vertrauen. Ihr Auge, so groß wie mein Kopf, strahlte so einen Frieden aus, dass ich wusste, es ist der richtige Moment, sich zu verabschieden. Bis zum nächsten Mal.«

»Willst du damit sagen, dass du morgen wieder schnorcheln gehen willst?«

»Wahrscheinlich. Aber nur, wenn sie es zulassen. Hier ist ihr Zuhause, ich bin lediglich Gast. Wir

Menschen reden immer von Respekt, den wir uns gegenseitig erweisen müssen, aber in der Praxis sehe ich das sehr selten. Für gewöhnlich kann ich den aufrichtigsten Respekt in der Natur erleben. Keine Termine, kein Zwang, nur Geduld haben und sich mit dem Strom des Lebens treiben lassen. Ja, ich werde wohl wirklich morgen wieder ins Wasser gehen.«

David überlegte, dann fragte er: »Kann ich mitkommen?«

»Natürlich! Aber du musst dir über eins im Klaren sein, David: *Wenn man bereit ist, die ultimative Herausforderung anzunehmen, muss man sich darüber klar sein, dass man damit auch bereit ist, der ultimativen Gefahr ins Auge zu blicken.*«

»Aber findest du das nicht egoistisch? Du hast einen dreijährigen Sohn. Was ist, wenn dir etwas zustößt?«

Ich blickte ihm fest in die Augen und sagte: »Vielleicht liege ich ja falsch damit, aber jeder von uns wird mit dem Takt seines eigenen Trommelschlags geboren. Ich habe lange über das nachgedacht, was du gestern zu mir gesagt hast, als ich dich gefragt hatte, ob du mit den Walen schwimmen würdest. Ich bin ehrlich der Meinung, dass du recht hast und aufrichtig bist, wenn du zuerst an deine Familie denkst. Das achte und bewundere ich, David. Doch bei mir ist der Wunsch, das Leben voll auszukosten, manchmal stärker als mein Verstand, der mir etwas nahelegt, was vielleicht klüger wäre. Ich muss der sein, der ich bin. Und ich glaube, ich würde meinen Sohn wirklich enttäuschen, wenn ich mich verstellen würde. Er würde sich schuldig fühlen, weil ich seinetwegen aufgehört hätte, wahrhaftig und so zu sein, wie ich immer war. Und wer weiß? Wenn er größer ist, schwimme ich vielleicht mit ihm zusammen mit Walen und Delphinen, aber nur, wenn er es wirklich will. Wenn nicht, respektiere ich das. Aber wie kann ich ihm als gutes Beispiel vorangehen, wenn ich meine Träume nicht lebe, ob er mir nun dabei zusieht oder nicht?

Viele Leute haben gesagt, dass es mich in Ketten legen würde, ein Kind zu haben: ›Verantwortung‹ nennen sie das, glaube ich. Doch in meinem Fall und meiner Ansicht nach ist mein Sohn für mich der größte Segen, den ich in dieser Welt bekommen habe. Als das Kalb im Wasser auf mich zukam, dachte ich nur an das lächelnde Gesicht meines Sohnes. Vermutlich haben die beiden Wale in diesem Moment genau das Gleiche gefühlt wie ich, und das hat den Ausschlag gegeben. Also, David, wir können zusammen gehen, aber du musst dich darauf einlassen und alle Ängste und Vorstellungen loslassen, die andere dir eingeredet haben. Was zu tun und zu lassen ist, weißt du selbst besser als ich. Taten, nicht Worte sind entscheidend.«

David sah mich lächelnd an.

»Gut. Morgen gehen wir also wie ausgemacht tauchen, und wenn ich es mir nicht noch anders überlege, treffen wir uns am Donnerstag im Reich der Buckelwale!«

Ich lächelte auch.

»Bis dann!«

Es regnete die ganze Nacht hindurch.

Nach dem Gespräch mit David ging ich zum Abendessen, bei dem ich mich mit wundervollen fremden Menschen unterhielt. Sie waren aus allen Teilen der Welt gekommen, nur um Buckelwale zu sehen. Da ich mich noch immer völlig erschöpft fühlte, verabschiedete ich mich bald und ging schlafen, doch das Gewitter weckte mich wieder und wieder. Manchmal prasselte es so heftig herab, dass ich aufstand und mich auf die kleine Veranda vor meinem Zimmer setzte, wo ich vor dem Regen geschützt war. Wieder einmal war ich überwältigt von der Kraft und Schönheit der Natur. Im Dach der Veranda hatten schwarze Käfer, so groß wie Tennisbälle, Zuflucht gefunden und klammerten sich nun daran, ebenso wie große Spinnen, kleine Schlangen, die blauen Eidechsen und andere Tierchen, die ich nicht erkennen konnte. Da saß ich nun mitten in der Nacht, umgeben von Tieren und einem Naturspektakel aus Licht und Lauten, und fühlte mich ganz im Einklang mit mir selbst. Ich dachte an meine Begegnung mit dem Waljungen und seiner Mutter und wusste jetzt, dass ich das Richtige getan hatte, indem ich das Risiko eingegangen war, im Wasser zu bleiben – fünfzig Meter vom Strand entfernt, ohne Boot, ohne mich an irgendetwas festhalten zu können.

Den Walen war es wohl genauso ergangen wie mir: Sie hatten kein fremdartiges Wesen beobachtet, sondern eher einen alten Freund willkommen geheißen, den sie noch nie getroffen, den sie aber erwartet hatten. Dass sie mir so nahe gekommen waren, als ich angefangen hatte zu singen wie sie, hat mich nur in dem bekräftigt, was ich mir inständig zu beweisen wünschte, als ich auf diese zauberhafte, so wenig bekannte Insel mitten im Nichts gekommen war: Das Leben ist ein Abenteuer, das man jeden Tag neu anpacken soll. Meiner bescheidenen Meinung nach bedeutet ein glückliches Leben, immer in Bewegung zu sein – was nicht notwendig heißt, ständig von A nach B zu reisen, sondern dass einem das Leben, das man gewählt hat, nie langweilig werden darf. Dass man nie vergessen darf, dass es wahre Magie gibt, wenn man daran glaubt und danach sucht.

Ich war schon immer ein einsamer Wanderer, doch manchmal muss ich in die Gesellschaft von Menschen zurückkehren. Aber wenn ich nun zurückgehe, werde ich immer ich selbst sein, egal, was andere denken. Und das ist der große Unterschied.

Tag 3

Am nächsten Morgen schrieb ich meine Gedanken vom Abend zuvor nieder, dann wollten wir tiefer in den Korallengarten eintauchen, von dem ich beim ersten Tauchgang leider einen Teil verpasst hatte, weil ich zu nah am Ufer geblieben war.

Der strömende Regen hatte aufgehört, auf der Tauchbasis holte ich meine Ausrüstung und kehrte zurück in den Unterwassergarten, um die Fische und Korallen zu besuchen, die ich beim ersten Mal nicht gesehen hatte.

Ich war erstaunt, wie sehr die Gezeiten den Platz verändert hatten. Die roten Tonnen, die Schwimmer und Schnorchler darauf hinweisen, dass sie diese Grenze nicht überschreiten sollten, damit Unfälle mit Booten vermieden werden, waren nun zwanzig, dreißig Meter näher am Strand. »Dieses Mal kannst du es nicht verfehlen«, sagte David zu mir. »Es ist

Ebbe. Wenn du dreißig Meter am Strand entlanggehst, siehst du es direkt vor dir.«

Ich tat, was er gesagt hatte, und ging über den Strand, legte meine Ausrüstung an und ging ins Wasser – wegen der schweren Regenfälle in der Nacht war es allerdings ein wenig kälter.

Dann hatte ich wahrscheinlich eines meiner schönsten Taucherlebnisse überhaupt. Wir fuhren etwa zehn Minuten mit dem Boot aufs Meer hinaus und waren in einem Garten – ich würde sagen, in einem Dschungel –, etwa fünfzehn, zwanzig Meter unter Wasser. Da gab es alle Arten von Korallen und Fischen, die ich noch nie gesehen hatte. Es nahm einfach kein Ende! Ich war so glücklich in dem Bewusstsein, dass es noch immer wundervolle Menschen gibt, die sich um den Naturschutz kümmern. Das Riff war zehn Jahre zuvor wohl total zerstört gewesen, nun war es wieder gesund, es bedeckte den Meeresgrund, so weit mein Blick im Wasser reichte, und bot einen nährstoffreichen Lebensraum. Und Fische in allen Regenbogenfarben! Sie hatten überhaupt keine Angst vor Menschen. Außerdem Muränen, kleine Schildkröten, Seewürmer, Hummer – was man wollte! Und alle waren in perfekter Harmonie mit der Welt, mit dem Leben. Ich fühlte mich willkommen. Ich blieb fast den ganzen Vormittag dort.

Danach spülte ich meine Ausrüstung mit Süßwasser aus und duschte im Zimmer warm. Ich fühlte mich großartig. Sauber und frisch angezogen ging ich ins Lokal und holte mir einen köstlichen, frisch aufgebrühten kolumbianischen Kaffee. Ich setzte mich an meinen Tisch und sah aufs Meer hinaus. Ich musste mich auf den Tauchgang am Nachmittag vorbereiten.

Wieder fing es an zu schütten. Das Meer war ruhig, aber am Horizont hingen graue Wolken, als wir unsere Tauchausrüstung ins Boot luden.

Dieses Mal waren zwei brasilianische Taucher dabei. Brasilianer sind ja so angenehme, offene Menschen, und wir kamen gleich in ein angeregtes Gespräch, während wir auf die offene See hinausfuhren. Unser Ziel war eine Unterwasserformation aus Höhlen und Spalten auf der anderen Seite, der Westküste der Insel. Ich versuchte, mir keine Gedanken über den Regen zu machen, sah aber pechschwarze Wolken auf uns zukommen.

Unsere brasilianischen Freunde waren Mitarbeiter der Umweltabteilung einer Tochtergesellschaft der halbstaatlichen brasilianischen Mineralölgesellschaft *Petrobras*, des größten Unternehmens in Lateinamerika. Sie hatten die Aufgabe, alle Orte zu überprüfen, wo ihre Firma Ölfelder betreibt, und sicherzustellen, dass die Umwelt keinen Schaden nimmt. Es waren echte Naturliebhaber, Biologen und Profitaucher. Sie haben sich der Mission verschrieben, alle Probleme zu dokumentieren und dafür zu sorgen, dass die weltweite Ölförderung von *Petrobras* keine oder nur minimale Auswirkungen auf die Ökosysteme in der Nähe der Bohrungen hat. Das machten sie schon seit fast zwanzig Jahren. Wir schlossen auf der Stelle Freundschaft und tauschten Visitenkarten aus. Ihre nächste Reise sollte sie in den Norden meines Heimatlandes führen, wo es viele kleine Organisationen zum Schutz der dort heimischen Meeresschildkröten gibt, alle ins Leben gerufen von enthusiastischen jungen Leuten, die von ihrer Sache überzeugt sind. Ich fand es toll, dass *Petrobras* ein paar neue Projekte finanzieren würde und erfahrene Biologen diese jungen peruanischen Wissenschaftler unterstützen wollten, die ihr bisheriges Leben aufgegeben haben, um die Natur zu bewahren. Es war eine abgemachte Sache.

Der Himmel wurde immer dunkler, je näher wir dem Tauchgebiet kamen. Es wollte nicht aufhören zu regnen. Wir trugen zwar schon unsere Taucheranzüge und hatten die ganze Ausrüstung angelegt bis auf die Sauerstoffflaschen, aber ich sah das besorgte Gesicht unseres Guides und Skippers. Die Brasilianer mussten am nächsten Morgen wieder abreisen, es wäre also ihre einzige Gelegenheit, zu tauchen und zu filmen, um ihre Aufgabe zu erledigen. Sie waren an schwere See gewöhnt, aber David machte sich wirklich Sorgen, denn letzten Endes trug er die Verantwortung für die Sicherheit der Crew und der Taucher.

Schließlich kamen wir an die rote Boje, wo wir ins Wasser gehen sollten. Alles war schon bereit, als auf einmal die Hölle losbrach. Nicht nur der Wind wurde stärker und der Regen peitschte uns waagerecht ins Gesicht – die Gewitterwolken, die wir am Horizont gesehen hatten, waren nun direkt über uns.

Wir befanden uns mitten in einem Orkan auf einem kleinen Boot mit mindestens zwanzig Tauchflaschen. Schlimmer noch – da wir uns auf offenem Wasser befanden, waren wir ein ideales Ziel für einen Blitzeinschlag. David sorgte sich weniger wegen der Taucher als wegen der beiden Männer, die im Boot auf uns warten sollten. Auch die Brasilianer waren sich der Gefahr bewusst, aber sie wollten unbedingt ins Wasser, es war ihre einzige Chance. Gerade wollten wir also von Bord springen, da schlug wie ein Omen dessen, was geschehen konnte, der Blitz etwa hundert Meter von uns entfernt ein –

genau konnte ich es nicht sagen, denn ich hatte keine Zeit, die Sekunden zwischen Blitz und Donner zu zählen, um auszurechnen, wie weit er entfernt war.

Aus nächster Nähe einen Blitz einschlagen zu hören ist richtig unheimlich – erst hört man einen spröden Knall, als würde etwas zerbrechen, dann explodiert der Donner wie eine Bombe in den Ohren, von der man fast taub wird. Ich sah, wie David erst in den Himmel und dann auf seine Mannschaft blickte. Schließlich ordnete er den Abbruch des Tauchgangs und die Rückkehr zur Insel an, deren hohe Bäume den Blitz vom Boot ablenken könnten. Wir waren alle einverstanden. Es war zu gefährlich. Mit erleichterten Mienen drehten die Männer den Bootsmotor auf – volle Kraft voraus.

~~~

Wie immer saß ich nach dem Abendessen noch eine Weile auf meiner Veranda. Blitz und Donner wurden immer heftiger, es herrschten wirklich sintflutartige Zustände. Ich weiß nicht, warum, aber ich liebe es, die Natur in ihrer wildesten Pracht zu beobachten.

Ich dachte an die Wale und hoffte, morgen wieder mit ihnen zusammen sein zu dürfen.

Doch als Menschen hinterfragen wir ständig unsere Handlungen, jedenfalls ist das bei mir so. War es denn wirklich vollkommen unverantwortlich gewesen, mich in echte Gefahr zu bringen, ohne an meinen wunderbaren Sohn zu denken, der zu Hause auf mich wartete? Habe ich wirklich das Recht, mich in solch waghalsige Abenteuer zu stürzen, ohne an die Folgen zu denken – nicht für mich selbst, sondern auch für die Menschen, die von mir abhängig sind?

Aus unerfindlichen Gründen fiel mir eine lange zurückliegende Reise auf die Bahamas ein.

Als ich wieder einmal die Bahama-Insel North Bimini besuchte, wohnte ich in dem kleinen Hotel *The Complete Angler*. Es war eine dieser wundersamen Begebenheiten, die sich in meinem Leben immer wieder zutragen. Ich hatte nämlich nicht gewusst, dass Ernest Hemingway in diesem Hotel Mitte der Dreißigerjahre seinen wundervollen Roman »Haben und Nichthaben« geschrieben haben soll – das erfuhr ich erst später. Damit aber nicht genug: Ich bekam genau das Zimmer, in dem Hemingway geschrieben und geschlafen hatte. Wer kann sich das erklären?

Ich erwähne Hemingway aber aus einem anderen Grund. Unlängst las ich in einer Biografie über ihn, dass er sich erschossen hat, weil er das Gefühl hatte, er hätte in seinem Leben alles getan, was er sich gewünscht hatte: Stierkampf, Hochseefischen, er hatte die Tragödie des Krieges erlebt und alle Abenteuer überstanden, die ein furchtloser Mann wie er sein Leben lang eingeht, und hatte diese in seinen Büchern auch brillant umgesetzt.

Dass Hemingway ein starker Trinker, ein Liebhaber schöner Frauen, aber auch ein schwermütiger Mann war, ist allgemein bekannt. Auf seine eigene und einzigartige Weise war er anders. Wie jeder Mensch. Aber er hat seine Träume verwirklicht – was ich verstörend finden kann, was mir aber nicht das Recht gibt, über ihn zu urteilen. Er suchte immer nach neuen Abenteuern, nach neuen Horizonten. Vielleicht wurde er deshalb von vielen missverstanden. Nur eines werde ich nie verstehen: Wie kann ein Mensch so verzweifelt, vielleicht auch so einsam, so ohne jede Hoffnung sein, dass er die drastische Entscheidung trifft, sich das Leben zu nehmen? Resultiert aus einem leidenschaftlichen Leben, dass am Ende dessen Sinn verloren geht und es Zeit wird, das Licht auszuschalten?

Ich muss ehrlich sein: Auch ich habe schon solche Zeiten durchgemacht. Und was kommt jetzt,

Sergio? Du fühlst dich noch wie ein Junge von fünfzehn Jahren, gleichzeitig aber kommt es dir so vor, als hättest du tausend Leben in einem einzigen gelebt. Was gibt es da noch zu sehen, zu träumen, zu fühlen? Auf einmal hat man das Gefühl, alle Kraft hätte einen verlassen und man könnte nur noch Dinge wiederholen, Orte besuchen, die man schon kennt, oder noch eine Welle reiten nach all den Tausenden, die man bereits gesurft hat.

Ich gehöre vielleicht nicht zu den Menschen, die eine Lösung darin sehen, sich das Gehirn wegzublasen, aber ich muss aufrichtig zu mir selbst sein. Wenn ich mit meinen geliebten Delphinen schwimme und stundenlang mit ihnen im Meer spiele, wenn mich diese wilden Tiere berühren, als sei ich einer von ihnen, und wenn dann die Sonne untergeht und die letzten Strahlen das Meer in flüssiges Gold tauchen, flüstert mir hin und wieder meine innere Stimme zu: Es ist Zeit zu gehen, Sergio – nicht zurück an die Küste, sondern geh mit deinen Lieben, den Delphinen. Es ist Zeit, fernab der Gesellschaft zu leben, in der du so lange gewohnt hast. Schwimm einfach weiter, folge deinen Brüdern bis zum Horizont.

Doch dann fange ich mich wieder und kehre an den Strand zurück. Dabei drehe ich mich um und sehe, wie die Delphine die Köpfe aus dem Wasser strecken und mich ansehen, als wollten sie mich fragen: Wohin gehst du?

Zweimal hatte ich mich bisher entschieden, mit ihnen hinaus auf offene See zu schwimmen. Doch im letzten Moment dachte ich dann an meinen Sohn Daniel und an andere Menschen, die ich so sehr liebe und die wahrscheinlich nie verstehen würden, was geschehen ist, wenn ich am Horizont verschwände ...

Doch nun weiß ich wirklich, warum ich es noch nicht getan habe. Die Walkuh gab mir die Antwort: Es wäre eine völlig egoistische Tat. Ich würde dabei nur an mich denken und nicht an jene, die mich wohl brauchen. Das Glück, das mein Sohn mir schenkt, wenn er mir einfach nur lächelnd in die Augen blickt und sagt: »Ich liebe dich, Sergio«, während er mich mit seinen kleinen, aber kräftigen Ärmchen umfängt und nichts dafür zurückfordert. Durch den Kontakt mit der Natur konnte ich mein Kind als Walkalb sehen, das noch Hilfe braucht und das Recht hat, jemanden zu haben, der es tief liebt, der für es da ist, im Guten wie im Schlechten, der es das sein lässt, was es ist, nämlich ein Kind, und seine Kindheit mit ihm teilt. Der es wachsen, stolpern und wieder aufstehen sieht, der mit ihm lacht und weint. Und wenn die Zeit reif ist – und wenn es will –, all die verrückten Dinge mit ihm macht, die ich bereits erlebt habe und die ich so gern mache.

Und wenn er nicht will, wenn er nicht für ein Leben wie meines geboren wurde, soll mein Sohn alles andere genießen, was ihm gefällt, und ich sehe ihm dabei zu, wie er seine Träume lebt. Eines Tages werde ich dann hoffentlich – wie meine Mutter einmal zu mir sagte – mit ihm die tragfähigsten Prinzipien teilen, auf denen das wahre Leben fußt. Und mithilfe der starken, belastbaren Flügel, die ihm seine Mutter gewoben hat, kann er zu seiner Bestimmung fliegen, während ich ihm ehrfürchtig zusehe. Verantwortungsbewusstsein, sagt man oft dazu. Aber für mich ist es nur ein weiteres Wunder der Liebe, der reinsten Liebe, die man überhaupt nur empfinden kann.

Vielleicht werde ich eines Tages dann egoistisch genug sein, um ein für alle Mal mit meiner Delphinschule wegzuschwimmen und für immer bei ihr zu bleiben.

Und nun, auf dieser abgelegenen Insel bei prasselndem Regen und Gewitter, das das Firmament erglühen lässt, habe ich das Bedürfnis, meinem kleinen Daniel mitzuteilen, was ich in diesem Moment fühle:

Lieber Daniel, mein kleines Walkälbchen,

Glück fällt nicht mit der Tür ins Haus, es reißt auch keine Mauern ein, es berührt nicht einmal den Türknauf. Glück, Liebe, das weißt Du besser als ich, warten bei offenen Türen. Immer.
Es ist wie der Wind, der nur bei offenem Fenster hereinweht. Man kann das Glück nicht zwingen, sich im Herzen eines Menschen niederzulassen, auch wenn man sein Möglichstes tut. Ich bin unglücklich unter Menschen, die ihre Türen immer mit hundert Schlüsseln versperren. Niemand kann eine von innen verschlossene Tür von außen öffnen. Vielleicht hat er dazu nicht das Recht oder nicht die Kraft, auch wenn es schmerzt, das Leid und die Trauer dieser Menschen mit ansehen zu müssen.
Der innere Schlüssel ist der einzige Bewohner des Hauses, wie die Seele im Inneren des Menschen. Als ich herausfand, dass meine Seele keine Türen, sondern dicke Mauern hatte und Leid und Bitterkeit enthielt, stürzten sie unter der Macht Deiner einzigartigen Liebe ein – ohne Mühen für Dich oder für mich.
Als ich Dich zum ersten Mal im Arm hielt, Dich später in der Klinik, wo Du geboren wurdest, ins Bettchen legte und Dich mit Deiner schönen Mutter allein ließ, ging ich nach Hause und schlief

fast zwölf Stunden. Als ich wieder erwachte, war alles weg – ich hatte keine Vergangenheit mehr, keine Erinnerungen, keine negativen Gefühle, keine Ängste. Ich erwachte mit Liebe in dem offenen, unendlichen Raum meines Herzens. Ein umfassender, wundervoller Begriff, den ich bis dahin nicht gekannt hatte, schlug mir entgegen: reine Liebe.

Seitdem bin ich jeden Tag glücklich. Ich wache glücklich auf, lege mich glücklich schlafen und staune jeden Tag über den inneren Frieden und die Geborgenheit, die ich ohne die Verteidigungswälle um mich herum empfinde. Glück, Liebe – sie kommen, wenn man aufhört, sich gegen die Welt zu verteidigen.

Ich bin glücklich. Du musstest keine Mauer einreißen, um in mein Herz zu gelangen und Glück in meine Seele zu pflanzen – es war immer da, und auch das macht mich froh. Du hast keine Arbeit mit mir, Daniel. Die Leute, die man bekämpfen muss, um sie glücklich zu machen, werden nie zur Ruhe kommen, sie werden nie das wahre Glück finden, denn Glück ist Bestreben und keine Verpflichtung, kein Gefängnis. Das Glück holt sich niemanden mit Gewalt, auch wenn das manchmal ganz gut wäre ... Es wäre doch toll, wenn man jemanden zwingen könnte, glücklich zu sein, so wie man mitunter ein Kind zwingt, seinen Teller leer zu essen. Aber beides endet in Frustration, weil man dem Menschen die Freiheit raubt.

Doch jeder hat die Freiheit, auch unglücklich zu sein. Das Glück weiß es besser als Du, deshalb beharrt es nicht darauf. Auch Du solltest das nicht tun, denn die Mühe, jemanden glücklich zu machen, der sich dem Glück verweigert, macht Dich selbst unglücklich, oder besser gesagt, es macht Dich fertig und traurig. Du willst es vielleicht, aber so wie der Wind kannst auch Du nicht durch ein geschlossenes Fenster kommen. Glück ist so vollkommen, dass es jedem die Freiheit lässt, es zu fühlen oder nicht. Das Glück weiß, dass es der Sinn der Welt ist, es ist die Lösung für eine bessere Welt mit guten Menschen. Das Glück macht aus uns gute Menschen.

Eines Tages wirst Du merken, dass wirklich glückliche Menschen auch andere glücklich machen wollen und unglückliche Menschen andere leiden machen wollen wie sie selbst. Ich hoffe, Du wirst Deine Bestimmung in Frieden und Glück finden, Daniel, so wie ich. Du bist noch so klein, und doch ist Dein Glück so groß, so rein, so aufrichtig, dass Du jeden anderen auch glücklich machen willst. Aber vergiss nicht, Daniel, dass Du Dein Glück nur verbreiten und teilen kannst, wenn der andere es auch umfangen will. Wer das Glück nicht annehmen will, das Du ihm anbietest, ist immer unglücklich.

Das kann man kaum ändern. Wenn Du das akzeptierst, macht das noch lange keinen schlechten Menschen aus Dir.

Ich moralisiere ein wenig, verzeih mir, aber ich liebe Dich eben so sehr und will Dich nicht traurig oder deprimiert sehen. Ich liebe Dich, wie ich noch nie in meinem Leben jemanden geliebt habe, ich bin überglücklich, ganz im Frieden, ohne Angst, ohne Ressentiments gegenüber meiner Vergangenheit – meine Vergangenheit existiert ja auch gar nicht mehr. In meinem Rucksack trage ich keine schlechten Erinnerungen oder Kränkungen mit mir herum, ich gehe mit freien Händen durchs Leben – frei, Dich zu halten. Jeden Tag, ob wir uns nun sehen oder nicht.

Meine Liebe zu Dir ist so unvorstellbar wie die Liebe, die ich heute in einem wunderbaren Wal und seinem Kalb gesehen habe. Ich liebe Dich mehr, als ich erfassen kann, ich liebe Dich von ganzem, tiefstem Herzen, mit meiner Seele und mit meinem Körper, ich bin verliebt in die Liebe, die über das Ende des Universums hinausreicht. Ich möchte glücklich sein und weiß, dass auch Du glücklich sein wirst, Daniel.

Sei umarmt und zärtlich geküsst – ein Kuss nur für Dich aus dem Land meiner Träume,
  Sergio

Noch ein paar Gedanken

So wie das Alter nur eine List der Zeit ist, ist der Schmerz nur eine Seite des Lebens. Man kann Glück, Seelenfrieden und innere Ruhe finden, so verloren man sich auch fühlen mag. Die Zeit heilt alle Wunden, aber man muss geduldig sein. Es geschieht nicht in einem Augenblick oder an einem einzigen Tag, sondern dann, wenn man es am wenigsten erwartet. Dann aber passiert etwas Außergewöhnliches: Man hört auf, gegen sein Schicksal anzukämpfen. Man nimmt sein Leben an, wie es ist, anstatt etwas anderes daraus machen zu wollen. Man muss sich nur zu seiner Bestimmung führen lassen. Dann lebt man mit dem, was das Leben einem schenkt, im Hier und Jetzt.

Was – ihr habt keine Schuhe? Sagt das mal jemandem, der keine Füße hat!

Ich glaube, alle Geschöpfe der Welt haben einen Sinn in ihrem Leben. Keines ist so klein oder so unbedeutend, dass es nicht etwas Wunderbares zu geben hätte. Anders zu sein als andere ist nicht immer schlecht, es ist ganz im Gegenteil oft ein Segen.

Oft müssen wir uns im Leben eine Weile zurückziehen und unsere Wunden lecken, bis sie heilen, dann beginnt ein Prozess der Erneuerung. Um weiterhin unsere Träume zu verwirklichen, müssen wir alte Gewohnheiten, überkommene Traditionen und schmerzliche Erinnerungen aufgeben. Nur wenn wir frei sind von der Last der Vergangenheit, können wir einen Vorteil aus der Erneuerung ziehen – um wieder jung zu sein.

Die schwärzeste Dunkelheit ist nicht die Nacht, die unsere Augen umwölkt und uns blind macht, sondern die Nacht, die wir in den tiefsten Winkeln unseres Herzens beherbergen. Genauso ist das hellste Licht nicht der Tag, der unsere Körper von außen bestrahlt, sondern das Licht, das in den offenen Feuerstellen unserer Herzen brennt und warm aus unseren Augen scheint. Lasst zu, dass dieses Licht euch zur Erfüllung eures Schicksals führt. Vertraut eurem Gespür, egal, was andere sagen oder denken mögen.

Ich habe hier auf Erden die Erfahrung gemacht, dass manche Menschen wegen ihrer Fähigkeiten aus der Masse herausragen. Ich habe aber auch erlebt, dass die glücklichsten Menschen nicht diese herausragenden sind, sondern diejenigen, die gelernt haben, sich so zu akzeptieren, wie sie sind. Versucht, euch anzunehmen! Liebt euch selbst! Vergleicht euch niemals mit anderen – deswegen seid ihr nicht auf dieser Welt! Kommt mit euren Stärken und Schwächen zurecht, macht aus eurem Leben eine Ode an die Freude! Doch denkt immer daran: Um rundum glücklich zu sein, muss man manchmal auch mutig sein. Macht aus eurem Leben nicht nur einen Gesang, sondern ein melodiöses Gebet, das eure Seele erfüllt. Versucht, das Licht zu finden, das aus eurem Inneren kommt. Zählt nicht eure Missgeschicke, sondern eure Segnungen.

Darüber hinaus haben diejenigen, die nicht leiden, die Pflicht, jenen zu helfen, die durch ihre persönliche Hölle gehen. Wir müssen ihnen vermitteln, was wir bereits gelernt haben: Haltet durch, solange es euch nicht gut geht, denn früher oder später wird das Leid ein Ende haben. Wie kann man leuchten, wenn man nicht die Dunkelheit überstrahlt? Wir stärken unsere Seele mit viel Arbeit und Mühen, und eines Tages wird klar, dass Trauer dünne Luft ist. Niemand sollte wegen bereits begangener Fehler oder erfahrenen Pechs traurig sein. Sich selbst zu vergeben ist unabdingbar, wenn man in Frieden mit der Welt leben will. Ich habe in meinem Leben viele Fehler gemacht und am Ende gelernt, nicht über andere zu urteilen. Und für die Fehler, die ich zweifellos noch machen werde, bin nur ich selbst verantwortlich.

Das Alleinsein, die Einsamkeit, ist womöglich am schwersten zu ertragen. Ich weiß, wie sich das anfühlt, ich habe es erlebt. Also, was tun, wenn die Umstände uns in eine einsame Existenz zwingen? Zunächst: Wenn man das große Glück hat, verschiedene Interessen zu haben, muss man ihnen auch nachgehen. Wenn das scheitert, kann man den weniger Gesegneten helfen. Schafft man auch das nicht, wird man auf die bewusste Entwicklung seiner fünf Sinne und geistigen Kräfte zurückgeworfen. Zuallermindest könnt ihr Gott dann jeden Morgen sagen, dass ihr euch als Sein Werkzeug bereithaltet, und sei es nur, indem ihr zu Ihm betet und Ihn bittet, alle zu segnen, die ihr trefft. Denkt daran: Nichts ist so weit weg, dass man es nicht näher bringen könnte.

Wenn all das nichts hilft, gibt es nur noch eines: den absoluten Tiefpunkt schlicht und einfach voll akzeptieren. Aufhören, sich selbst zu bemitleiden, aufhören, sich aufzulehnen. Dann muss man eben das Handtuch werfen und sich dem offensichtlichen Schluss ergeben, dass es, sollte dies Gottes Wille sein, für euch und alle anderen so das Beste ist. Betet für den Glauben und nehmt ihn an.

Das Problem ist, dass viele von uns meinen, Glück bestehe in der Erfüllung unserer Wünsche und Bedürfnisse oder zumindest in der Befreiung von Leid und Schmerz. Ich hingegen glaube, Glück liegt in der Gelassenheit, die in der Übereinstimmung unseres Willens mit dem Willen Gottes liegt. Wenn ihr nicht an Gott glaubt – wie ich früher –, dann akzeptiert wenigstens, dass, wie auch immer ihr es auffasst, etwas eure Reise durchs Leben anspruchsvoller gemacht hat, aus einem Grund, den ihr vielleicht nicht verstehen könnt – zumindest nicht in diesem Leben.

Die totale Niederlage und Akzeptanz eurer Wirklichkeit – das ist der Ausgangspunkt für ein erfülltes Leben, das euch zeigt, wie ihr all das Gute, das ihr noch immer in euch habt, nutzen und das retten könnt, was noch zu retten ist. Doch dazu müsst ihr erst lernen, euch selbst anzunehmen, wie ihr seid.

Dann, und nur dann, fühlt ihr euch wiedergeboren. Dann lebt ihr den Augenblick und könnt ihn genießen. Dann könnt ihr Mühsal als den Weg zu innerem Frieden und diese manchmal schmerzliche Welt akzeptieren, wie sie ist – und nicht, wie ihr sie lieber haben wollt. Mit Vertrauen in Gott, oder wie man Ihn auch nennen will, und wenn man sich Seinem Willen beugt, wird alles gut. Dadurch wird man nicht nur in dieser Welt halbwegs glücklich, sondern erreicht auch höchstes, ewiges Glück in einer anderen Dimension.

Die Sterne rackern sich nicht ab, um zu scheinen, die Flüsse mühen sich nicht zu fließen. Auch ihr müsst nicht darum kämpfen, euch im Leben hervorzutun, weil ihr das Beste verdient. Ihr müsst an euren Träumen festhalten, dann bleiben auch sie euch treu. Die Augen, die diese Botschaft lesen, werden nie Böses sehen. Die Hand, die diese Botschaft aussendet, wird nicht vergebens hart arbeiten, der Mund, der dem Leben dankt, wird immer lachen und nicht vom Weg der Liebe abkommen.

Eure Träume werden nicht sterben, eure Pläne werden nicht scheitern, eure Bestimmung wird nicht verworfen, und euer Herzenswunsch wird euch gewährt.

Glück – das Streben der Menschheit. So begehrt, so schwer zu finden und so missverstanden. Das Leben ist voll von Leid und Tragödien. Das wissen wir alle. Ich glaube, dass Unglücklichsein das Ergebnis unbefriedigter egoistischer Bedürfnisse ist. Wir erwarten so viel vom Leben. Wir meinen, wir hätten ein Recht auf Glück, aber nicht nur auf Glück, sondern auf unsere persönliche Version desselben. Wir erwarten, dass wir von vorn bis hinten bedient werden. Wir meinen, jeder sollte seinen Weg auf unsere Weise gehen. Wir wollen, dass sich andere Menschen nach unseren Erwartungen verhalten. Wenn ich so denke, bin ich ein schlimmer Übeltäter! Wir erwarten so viel von unseren Mitmenschen. Jeder soll sein schmutziges Geschirr selbst wegräumen. Ich erwarte, dass Menschen die Umwelt schützen, dass sie sich überlegen, wie man Tiere behandelt und so weiter... Da diese Erwartungen oft unerfüllt bleiben, wird man leicht unglücklich.

Doch mit dem Verstand wissen wir, dass das Leben immer in Bewegung und in Veränderung begriffen ist. Nichts bleibt konstant, es sei denn der Wandel. Aber wir haben diese Wahrheit in unseren Herzen nicht akzeptiert, wir wollen noch immer, dass die Dinge so bleiben, wie wir sie haben wollen. Wir denken, Beziehungen hielten ewig, der Tod sei unfair, plötzlich hereinbrechendes Unglück ungerecht. Meiner Meinung nach können wir Veränderungen und Wandel geistig zwar erfassen, aber nicht wirklich verstehen und akzeptieren, ansonsten hätten wir keinen Grund, unglücklich zu sein.

Erinnerst du dich an damals, als deine Freundin dich schlagen wollte und du nicht wütend geworden bist, weil du wusstest, dass sie gerade eine schwere Zeit durchmacht? Das hast du verstanden. Manchmal aber verstehen wir nichts. Wenn wir uns darüber klar werden, dass uns selbstsüchtige Wünsche Unglück bescheren, können wir sie überwinden. Wir können unsere Erwartungen ablegen und die Wirklichkeit sehen. Niemand weiß wirklich, warum der andere dies oder jenes tut. Wir wissen nicht, was das Leben uns bringt und wie sich eine bestimmte Situation entwickelt. Wir müssen uns einfach auf den unergründlichen Lauf des Lebens einlassen und aufhören, es unseren eigenen Bedürfnissen anpassen zu wollen.

Das Leben ist weder fair noch unfair, es ist in Bewegung. Wenn wir nichts erwarten, können wir die Schönheit dieses immerzu mäandernden Laufs des Lebens erkennen und lernen, uns darin treiben zu lassen. Dann werden wir verstehen. Dann werden wir glücklich sein.

Manche verlieren ihre Gesundheit, indem sie Geld scheffeln, dann verlieren sie ihr Geld, um wieder gesund zu werden. Indem sie voller Angst an die Zukunft denken, erleben sie weder Gegenwart noch Zukunft, sie leben, als würden sie nie sterben, und sie sterben, als hätten sie nie gelebt.

Nachwort

Nach tagelangem Gewitter, strömendem, peitschendem Regen und böigen Winden, die viele Kokosnüsse von den Palmen gefegt und die Tiere in ihre Nester sowie die wenigen Menschen auf der Insel in die Häuser getrieben hatten, wurde das Wetter endlich wieder besser.

Der Leiter des Nationalparks sagte uns, dass es eine kurze Wetterberuhigung gebe und wir Gorgona verlassen müssten, bevor der nächste Sturm auf die Insel treffe. Um sechs Uhr früh wurden wir geweckt, damit wir aufs Festland übersetzen konnten, solange die See ruhig war. Ich packte also meine wenigen Habseligkeiten – ich reise ja immer mit leichtem Gepäck. Aber bevor ich zur Anlegestelle ging, wollte ich mich noch von den wundervollen Menschen verabschieden, die ich hier getroffen hatte.

Ich ging zur Tauchbasis, wo David die Ausrüstung für den nächsten Tauchgang vorbereitete.

Ich ging ins Lokal, um meiner wundervollen ebenholzschwarzen Maria Adieu zu sagen, die mir während meines Aufenthalts immer spezielle vegetarische Gerichte zubereitet hatte. Wie immer hatte sie ein Lächeln auf den Lippen, aber ihre Augen waren traurig. Sie umarmte und drückte mich fest.

»Ich hoffe, du kommst mal wieder zu uns.«

Ich nahm ihre Hand und blickte in ihre tiefen schwarzen Augen, ich hatte so einen Kloß im Hals, dass ich kaum sprechen konnte.

»Wenn Gott mir ein langes Leben schenkt, komme ich nicht nur ein Mal, sondern oft wieder zu euch. Ich verspreche es. Ich habe hier einen Ort in der Welt gefunden, der mir eine Heimat ist, einen geschützten Ort, an dem sich glückliche Zufälle ereignen.«

»Ja, ich weiß, dass du wiederkommst, wir warten auf dich.«

Mehr musste nicht gesagt werden. Das Schweigen, mit dem wir uns in die Augen blickten, sagte alles.

Dann verließ ich die magische Insel inmitten des Pazifiks.

Die Geschichte eines Träumers

Sergio Bambaren Roggero wurde am 1. Dezember 1960 in Lima, Peru, geboren, wo er die britische Highschool absolvierte. Bereits von frühester Kindheit an war er fasziniert vom Ozean, der untrennbar mit dem Stadtbild Limas verbunden ist. Diese Liebe zum Wasser sollte ihn für den Rest seines Lebens prägen und unter anderem den Anstoß geben, sich auf das Abenteuer eines Lebens als Schriftsteller einzulassen.

Seine Freude am Reisen und seine Begeisterung für andere Länder führten Sergio Bambaren in die USA, wo er an der Texas A&M University Chemotechnik studierte; ein Gebiet, das ihn sehr interessierte – doch seine große Liebe war und blieb der Ozean.

Um so oft wie möglich seiner Leidenschaft, dem Surfen, frönen zu können, reiste er mit Vorliebe in Länder wie Mexiko, Kalifornien oder Chile.

Schließlich entschied Sergio Bambaren sich, nach Australien, genauer nach Sydney, auszuwandern, wo er als Verkaufsleiter arbeitete. Auch von der neuen Heimat aus unternahm er viele Reisen, u. a. nach Südostasien und an die afrikanische Küste – immer auf der Suche nach der perfekten Welle.

Nachdem er einige Jahre in Sydney gelebt hatte, legte Bambaren ein *sabbatical* ein, um Europa zu bereisen. In Portugal schließlich, an einem herrlichen Strand, eingerahmt von Pinienwäldern, fand er einen ganz besonderen Freund und erkannte, welchen Weg im Leben er zu gehen hatte: Ein einsamer Delphin inspirierte ihn dazu, sein erstes Buch zu schreiben: »Der träumende Delphin. Eine magische Reise zu dir selbst«.

Als er wieder nach Sydney zurückkehrte, erhielt Sergio Bambaren ein Angebot von Random House Australia, sein Buch zu verlegen, doch er schlug es aus, da er das Gefühl hatte, die Änderungen, die der Verlag vornehmen wollte, würden den Inhalt und die Botschaft seines Buches zu stark verändern. Er entschied sich 1996, sein Buch im Selbstverlag herauszubringen.

Dieser Entschluss veränderte Sergio Bambarens Leben grundlegend: Er verkaufte allein in Australien mehr als 60 000 Exemplare von »Der träumende Delphin«. Der Traum, ein Leben als Schriftsteller zu führen, begann endlich Gestalt anzunehmen.

»Der träumende Delphin« wurde bis heute in fast dreißig Sprachen übersetzt, u. a. ins Russische, Kantonesische und Slowakische. In Deutschland stand der Titel jahrelang auf der Bestsellerliste und wurde über 1,3 Millionen Mal verkauft. Ähnlich gute Ergebnisse erzielte er u. a. in Lateinamerika und Italien. Ebenso begeistert wurden auch seine anderen Bücher aufgenommen: »Ein Strand für meine Träume«, »Das weiße Segel«, »Der Traum des Leuchtturmwärters«, »Samantha«, »Die Botschaft des Meeres«, das Weihnachtsmärchen »Stella«, »Die Zeit der Sternschnuppen«, »Der kleine Seestern«, »Die Rose von Jericho«, »Die Blaue Grotte«, »Die Bucht am Ende der Welt«, »Die Heimkehr des träumenden Delphins«, »Lieber Daniel« und zuletzt »Die beste Zeit ist jetzt« wurden in vielen Ländern zu großen Erfolgen.

Immer wieder hat Sergio Bambaren Europa bereist. Er besuchte dabei u. a. Holland, Sardinien und Süditalien und hielt sich auch in Ischia auf, wo die größte Delphin-Forschungsstation im Mittelmeerraum beheimatet ist.

Mehrfach besuchte er auch Deutschland und Österreich. Den krönenden Abschluss seines Europaaufenthalts 2005 bildete eine erfolgreiche Signiertour durch Österreich und Deutschland. Die auf dieser Reise gewonnenen Erfahrungen sind in sein Buch »Die Blaue Grotte« eingeflossen. Nach Süditalien ist der Autor seitdem wiederholt zurückgekehrt, da dort der Großteil der Dreharbeiten zu »Ein Strand für meine Träume« stattfand.

Sein großes Interesse am Ozean und sein Anliegen, sämtliche Walarten zu schützen, machten ihn zum idealen Kandidaten für den Posten des Vizepräsidenten der ökologischen Organisation »Mundo Azul« (Blaue Welt). Seither bereiste Sergio Bambaren im Auftrag dieser Organisation die verschiedensten Länder mit dem Ziel, die Ozeane und ihre Lebewesen zu schützen und zu bewahren. In Zusammenarbeit mit »Dolphin Aid« setzt er sich mit Therapieformen auseinander, bei denen der Kontakt von behinderten Kindern mit Delphinen für bessere Heilungschancen sorgen soll.

Im Jahr 2008 wurde Sergio Bambaren Vater; seinem Sohn widmete er das Buch »Lieber Daniel«. Heute lebt er wieder in seiner Heimatstadt Lima, Peru, von wo aus er nach wie vor häufig zum Wellenreiten geht. Umringt von Delphinen mit den Wellen eine Einheit zu bilden gibt ihm die Inspiration und Energie, weiterhin für all diejenigen zu schreiben, die wie er irgendwann in ihrem Leben beschlossen haben, nach dem Motto zu leben: »Lass dich nicht von deinen Ängsten daran hindern, deine Träume wahr zu machen!«.